书选典

萧涤非 著

萧光乾 萧海川 编

杜甫诗选注

（普及本）

北京出版集团
文津出版社

图书在版编目（CIP）数据

杜甫诗选注：普及本 / 萧涤非著；萧光乾，萧海川编 . — 北京：文津出版社，2020.10

（名典名选丛书）

ISBN 978-7-80554-720-6

Ⅰ. ①杜… Ⅱ. ①萧… ②萧… ③萧… Ⅲ. ①杜诗—注释 Ⅳ. ① I222.742

中国版本图书馆 CIP 数据核字（2020）第 072038 号

总 策 划：安 东 高立志 责任编辑：乔天一 许 可
责任印制：陈冬梅 封面设计：李 高
书名题字：萧涤非

· 名典名选丛书 ·

杜甫诗选注（普及本）
DU FU SHI XUANZHU

萧涤非 著
萧光乾 萧海川 编

出 版 北京出版集团
文津出版社
地 址 北京北三环中路 6 号
邮 编 100120
网 址 www.bph.com.cn
总 发 行 北京出版集团
印 刷 北京华联印刷有限公司
经 销 新华书店
开 本 880 毫米 × 1230 毫米 1/32
印 张 9.125
字 数 153 千字
版 次 2020 年 10 月第 1 版
印 次 2023 年 6 月第 2 次印刷
书 号 ISBN 978-7-80554-720-6
定 价 58.00 元

如有印装质量问题，由本社负责调换
质量监督电话 010-58572393

前　言

杜甫是我国唐代伟大的现实主义诗人。

杜甫，字子美，唐睿宗先天元年（712）生于河南巩县南瑶湾村，于代宗大历五年（770）冬，死在由长沙至岳阳的船上。杜甫的一生正当李唐王朝由盛而衰的一个急剧转变的时代，天宝十四载（755）爆发的安史之乱是这一转变的关键。杜甫的全部生活和创作，也正是与整个国家的兴衰紧密相连的。他的一生可分为四个时期：

（一）读书漫游时期（三十五岁以前）。杜甫出身于一个"奉儒守官"的家庭，且有诗歌的传统，其祖父杜审言即是有名的诗人。杜甫自幼好学，七岁开始吟诗，所谓"七龄思即壮，开口咏凤凰。九龄书大字，有作成一囊"。读书更是刻苦用心，以至"群书万卷常暗诵"。加之童年时代在洛阳受到盛唐繁荣发达的各种艺术的熏陶，为他以后的创作打下了雄厚渊博的知识基础。开元十九年（731），杜甫二十岁，正当所谓"远行不劳吉日出"的开元全盛时期，开始了他的漫游生活，前后三次，历时十年。第一次游吴越（今江苏、浙江省一带），饱览了祖国秀丽山川和名胜古迹。开元二十三年，二十四岁的杜甫为了参加进士考试，由江南返回洛阳。不料文章"似班扬"的杜甫竟没考取。但就在次年，又开始了他的齐赵（今河北、河南、山东省一带）漫游。"放荡齐赵间，裘马颇清狂。春歌丛台上，冬猎青丘旁。"生活过得十分惬意。开元二十九年，三十岁时才又回到洛阳。大约在天宝三载，在洛阳认识了伟大诗人李白，二人一见如故，相邀同游梁宋（今河南省商丘市一带），这是第三次漫游。同游的还有大诗人高适，他们相与豪饮畋猎、赋诗论文，非常契合。长期的南北游历，大大开阔了诗人的视野。

（二）困守长安时期（三十五岁至四十四岁），这是大唐帝国日渐衰弱，安史大乱的酝酿时期。杜甫于天宝五载（746），怀着"致君尧舜上，再使风俗淳"的火热的政治抱负从洛阳来到长安，但迎接他的却是冷酷的社会现实。次年他又一次参加考试，但这一考试在奸相李林甫的把持下，竟无一人及第。天宝十载（751）玄宗举行祭祀大典，杜甫趁机献上《三大礼赋》，以作进身之阶，这回却意外地得到玄宗的赏识，命待制集贤院，谁知也没得到一官半职。政治上屡受挫折，不仅使他入仕无门，生活上也更加落拓，一直过着"卖药都市，寄食友朋"

和"朝扣富儿门，暮随肥马尘。残杯与冷炙，到处潜悲辛"的屈辱日子。诗人的天真幻想破灭了，"裘马""快意"的生活结束了，但正是这时的"饥卧动即向一旬，敝衣何啻联百结"的艰难困苦，才迫使诗人正视了现实，唱出了"朱门酒肉臭，路有冻死骨"这样的千古名句。天宝十四载十月，杜甫在长安困顿了十个年头，才被任为河西尉，但他却拒绝了这一直接压榨百姓的官职，不久又改授右卫率府胄曹参军，这是一个掌管兵甲器杖和门禁锁钥的正八品下的小官。然而当杜甫任职之时，差不多就是安禄山造反之日了。

　　（三）陷贼与为官时期（四十五岁至四十八岁），这是安史之乱最剧烈的几年。天宝十四载十一月，叛乱爆发，十二月洛阳沦陷。天宝十五载六月，潼关失守，玄宗奔蜀，长安陷落。杜甫在长安陷落前一个月离开长安，和百姓一起流亡。七月，太子李亨在灵武即位，杜甫八月间得知这一消息，就把家小安置在鄜州的羌村，只身投奔灵武，不料中途为叛军所俘，被押至长安，这使他在京都亲眼看到国破家亡的惨痛景象。至德二载（757）四月，杜甫冒险从长安逃归凤翔肃宗行在，被任为左拾遗，这是一个从八品上的官职，职品虽低，却是在皇帝身边的谏官，可向皇帝提出不同意见和推荐人才。但就任不久，即因上疏营救房琯的罢相而触怒了肃宗，经宰臣说解，才免治罪。

这年闰八月，肃宗特许杜甫回鄜州探亲，实际上是有意疏远他。九月长安收复，十一月杜甫携家至长安，仍任左拾遗。乾元元年（758）六月，贬为华州司功参军（管理地方的祭祀、学校、选举等工作）。这次贬华州，对杜甫在政治上是沉重的打击，但却使他从皇帝的侍臣走向广阔的民间，写出了著名的"三吏""三别"等诗。乾元二年（759）七月，杜甫弃官，由华州往秦州（今甘肃省天水市），十月又从秦州奔同谷（今甘肃省成县），十二月又向成都进发。这一年，杜甫的生活最艰难，所谓"一岁四行役"就是指的这一年。诗人经受了战乱流亡生活的磨炼，其诗歌创作也得到进一步的升华。

（四）漂泊西南时期（四十八岁至生命结束），这是唐王朝继续衰落的时期。杜甫于乾元二年岁末从同谷来到成都，第二年春，在友人的资助下，于成都西郊盖了一所草堂，诗人算有了个安身之处，生活相对安定。宝应元年（762）七月，杜甫因避徐知道之乱，又漂泊到梓州（今四川省三台县）和阆州（今四川省阆中县），直到广德二年（764）春天，因友人严武再镇蜀，才又回到成都草堂，严武保荐他为检校工部员外郎（后人因称他为杜工部），并请他做节度使署中的参谋。永泰元年（765）春夏间，杜甫又离开成都经嘉州（今四川省乐山县）、戎州（今四川省宜宾县）、渝州（今四川省重庆市）、忠州（今四川省忠县）、云安（今四川省云阳县），于大历元年（766）夏初到达夔州（今四川省奉节县）。在夔州都督柏茂琳的帮助下，在东屯租得一些公田，在瀼西又买下四十亩果园，请了几位雇工，自己也从事一些耕稼活动。由于生活比较安定，有条件大量写作，诗人不仅把当时的现实和感受写入诗篇，同时还把以往的经历来一"反刍"，写了许多传记体的回忆诗。在夔州不到两年的时间内，竟写了四百三十多首诗，几占其全集的百分之三十，这是杜甫诗歌的丰收时期。大历三年（768）正月，杜甫思念家乡，于是乘舟出峡，抵湖北江陵，又转公安，到岳阳，一直在船上漂泊，过着"饥借家家米，愁征处处杯"的穷苦生活。大历四年三月抵潭州（今湖南省长沙市），又去衡州（今湖南省衡阳市），不久又折回潭州。大历五年四月，臧玠在潭州作乱，杜甫逃往衡州，他原想再往郴州投靠舅父崔伟，但遇江水大涨，只得又折返潭州。暮秋，离潭州北归。就在这年冬天，诗人病死在由潭州到岳阳的一条船上，在他生命的最后一息，仍然哀叹着"战血流依旧，军声动至今"的苦难现实。诗人的一生始终关心着国家和人民。

杜甫现存的一千四百余首诗歌，正是围绕着诗人所处的时代环境和诗人的自身遭遇而创作的。这些诗作，有的表达对祖国的无比热爱，如"济时敢爱死？寂寞壮心惊"；有的表达对人民的深切同情，如"穷年忧黎元，叹息肠内热"；有的表达自己的政治抱负，如"致君尧舜上，再使风俗淳"；有的表达对贪官污吏的深恶痛绝，如"必若救疮痍，先应去蟊贼"。至于怀念家室，忆思友朋，吟咏壮丽河山，描写自然景物等等，也都从不同的角度，艺术地再现了这个特定历史时期的社会面貌。这些诗歌所反映的现实生活的深度和广度，不仅是他同时代的诗人所无法比拟的，也是我国文学史上任何一位古代诗人所无法比拟的。

杜甫在诗歌的表现艺术上，更是集前人之大成，而又有所创造发展的。他那博大浩瀚的思想内容就是通过丰富多彩的艺术形式表达出来的。"吾人诗家流"，他确实是自觉地以一个"诗人"的标准，来严格要求自己的。写诗极端认真，一丝不苟，刻意求工，要"语不惊人死不休"，写成后还要不断修改，"新诗改罢自长吟"，务求达到"毫发无遗恨"的境地。杜甫博采众家之长加以创新，形成了自己的艺术特色：叙事抒情写景状物真实而细腻；并具有高度的概括性和客观性；体裁丰富多样；语言形象精炼，具有强烈的感染力量。

杜甫的诗自唐以来即被称为"诗史"，这并不是过誉；杜甫被后世称作"诗圣""诗中圣哲""人民诗人"，也是当之无愧的。他在诗歌上所取得的光芒万丈的辉煌成就，在文学史上所起到的继往开来的巨大作用，使得他的诗歌成为我国文化遗产宝库中一颗永放异彩的明珠。我们今天学习杜甫诗歌，从中汲取民主性的精华和宝贵的创作经验，对繁荣社会主义新时代的文学创作，对提高民族自信心、建设社会主义精神文明，也是大有裨益的。

本书作为《中国古典文学作品选读》的一种，是在拙作《杜甫研究》下卷和《杜甫诗选注》的基础上改写而成的，并注意吸收了近年来的新成果。除按丛书的要求，做了体例上的变动外，篇目亦有压缩，共选入杜甫各个时期的代表作一百二十余篇。凡诗人自注，一律放在正文原处。每篇正文之后，均有"说明"和"解释"两部分。

我年纪大了，精力不足，兼之工作较繁，本书的完成得到了郑庆笃、张忠纲和冯建国同志的大力协助，三儿光乾也做了一定的工作。在编撰过程中，上海古籍出版社编辑同志积极配合，提供了许多宝贵意见，谨在此表示谢意。

书中不当之处，还请读者批评指正。

萧涤非

一九八二年十一月，于山东大学

目　录

杜甫诗选注（普及本）

望　岳①

岱宗夫如何②？齐鲁青未了③。造化钟神秀④，阴阳
割昏晓⑤。荡胸生层云⑥，决眦入归鸟⑦。会当凌绝顶⑧，
一览众山小⑨！

【说明】这是杜甫现存作品中最早的一首。大约作于开元二
十四年（736）第一次游齐赵时，诗人当时是二十五岁。这是一首
气势磅礴的写景诗，给读者展示出一帧巍峨秀丽的泰山图。诗歌洋
溢着诗人对祖国壮丽河山的热爱和青年时代那种积极进取的精神。

【解释】①望岳——岳，这里指东岳泰山。诗人一路行来，
凝望着泰山。②岱宗——泰山亦名岱山。古代以泰山为五岳之
首，诸山所宗，故又称"岱宗"。泰山在今山东省泰安市。
夫——语助词，这里起舒缓语气的作用。夫如何？这一设问，
是自己问自己。诗人初见巍峨的泰山，有一时难以形容的感觉。
③未了——未尽，没完。这句是自答。古代齐、鲁两国即以泰
山为界，齐国在泰山北，鲁国在泰山南。青——指郁郁苍苍的

山色。这句是说，即使越出齐鲁国境，泰山仍可以望得见。④造化——天地，大自然。钟——聚结，集中。神秀——指山色的奇丽。这句侧重言山之秀美。⑤阴阳——这里指山南山北。阴，是山北背阴处。阳，是山南向阳处。割——剖分。这句是说，泰山横天蔽日，山南向阳，天色明亮；山北背阴，天色晦暗，同一时刻却是两个世界。这句侧重言山之高大。⑥这句是倒装句，意思是望见山上云气层叠，故心胸为之开豁。⑦决——张开。眦（字 zì）——眼眶。决眦，形容张目极视的样子。鸟向山飞，目随鸟去，所以说归鸟。这句和上句都是写凝目远眺，望得出神。故下文有登山的打算。⑧会当——定要。这是古人的口语。凌——凌驾其上，把绝顶踩在脚下。⑨这句是诗人因望岳而预拟登上绝顶的想象之词。而且诗人也确是实现了他的心愿。

房兵曹胡马①

胡马大宛名②，锋棱瘦骨成③。竹批双耳峻④，风入四蹄轻⑤。所向无空阔⑥，真堪托死生⑦。骁腾有如此⑧，万里可横行⑨！

　　　　　　　　　　　　杜甫诗选注（普及本）

【说明】这首诗大约作于唐玄宗开元二十九年（741），时杜甫在洛阳。杜甫本善骑马，也很爱马，写过不少咏马诗。此诗借马寓志，写胡马的骨相神态，正是自喻其抱负，所以前人说它是"为自己写照"。最后一句期望房兵曹立功万里之外，照应诗题。整首诗写得矫健豪放，沉雄隽永。

【解释】①兵曹——兵曹参军的省称，是唐代州府掌管军防、驿传等事的小官。房兵曹不知是何人。②胡——指西域。大宛（渊 yuān）——汉西域国名，其地在今乌兹别克斯坦共和国境内，盛产良马。"大宛名"，是说著名的大宛马。③锋棱（léng）——锋利的棱角。形容马的神骏健悍之状。④批——削。峻——尖锐。是说马的两耳就像斜削而成的小竹筒一样尖锐。这是良马的特征之一。⑤这句是说，马奔驰时，四蹄轻快有似御风而行。⑥所向——马所奔向之处。空阔——指距离很远。无空阔，形容马之善走，无论多大的距离，顷刻即到。⑦堪——可以，能够。托死生——指马能和人同生共死，使人临危脱险。这两句是写马德。用一"真"字，言外又有人不如马的意思。⑧骁（消 xiāo）腾——健步奔驰的意思。⑨横行——有长驱直入意。这两句既是赞马，又是称美房兵曹，期望他建立战功。

画　鹰

素练风霜起①，苍鹰画作殊②：㧐身思狡兔③，侧目似愁胡④。绦镟光堪摘⑤，轩楹势可呼⑥。何当击凡鸟⑦，毛血洒平芜⑧！

【说明】这是一首题画诗。与《房兵曹胡马》约作于同时。诗中通过描绘画鹰的威猛姿态和飞动神情，表现了作者那种奋发有为的志向和嫉恶如仇的性格。

【解释】①素练——画鹰所用的白绢。风霜——指秋冬肃杀之气。这里形容画鹰的凶猛如挟风霜之气。②画作（zuò）——犹今云写生。作，创作。殊——特异。这句是说鹰画得非常出色。说明上句，同时起下四句。③㧐（耸 sǒng）身——即"竦身"，是收敛躯体准备搏击的样子。思狡兔——拟想捕获狡兔。④侧目——侧目而视，即斜视。似愁胡——形容鹰的眼睛色碧而锐利。因胡人（指西域人）碧眼，故以为喻。愁胡指发愁时的胡人。⑤绦（滔 tāo）——丝绳，指系鹰的绳子。镟（炫

xuàn）——金属转轴，指鹰绳另一端所系的金属环。光——指绦镟的闪光。堪——可以。摘——解除绦镟。⑥轩楹（宣营 xuān yíng）——堂前窗柱，指画鹰所在地点。势可呼——是说如果呼唤它一下，它就真的会飞下来。此与上句均极言画之逼真。⑦何当——安得，哪得。凡鸟——凡庸的鸟。⑧平芜——草原。这两句说，如果让苍鹰搏击凡鸟，血洒平芜，方能显出英雄本色。这里寄寓了杜甫鄙弃凡庸、嫉恶如仇和渴望奋发有为的精神。

陪李北海宴历下亭① 时邑人蹇处士等在座

东藩驻皂盖②，北渚凌清河③。海右此亭古④，济南名士多⑤。云山已发兴⑥，玉佩仍当歌⑦。修竹不受暑⑧，交流空涌波⑨。蕴真惬所遇⑩，落日将如何⑪？贵贱俱物役⑫，从公难重过⑬！

【说明】天宝四载（745），杜甫第二次游齐赵时，到达齐州（今山东省济南市），他的老朋友李邕时为北海郡太守，闻讯后即从北海赶来相会。这年夏天，李邕特地在历下亭设宴招待他，杜甫即席为赋此诗。诗中赞美了济南的名士风流和美丽景色，表达了他和李邕之间的深厚友谊，也流露出盛会难再的感伤情绪。

【解释】①李北海——即李邕。邕时为北海郡（今山东省益都县）太守，很有文名，也是著名的书法家，杜甫少年居洛阳时，即为邕所赏识。他比杜甫年长三十七岁，故尊称为李北海而不名。历下亭——据《水经注》和《齐乘》等书记载，历下亭遗址当在今济南市五龙潭附近。因在历山之下，故名"历下亭"。今济南市大明湖中之历下亭，乃清初李兴祖所建，并非唐时之历下亭。前人注释多误。蹇（俭 jiǎn）处士——古时称有才德而隐居不仕的人为处士。蹇处士，事迹不详。②东藩（番 fān）——古代诸侯称为藩国，后世也指州郡。北海郡在京师之东，故称东藩。皂盖——黑色车盖。汉时太守皆用皂盖。③渚（主 zhǔ）——水中小洲。凌——历，经。清河——即大清河，古称济水，在济南之北。这句是说自北渚乘舟经清河往游历下亭。④海右——方位以西为右，以东为左，齐地在海之西，故称"海右"。此亭——即历下亭。因亭建于北魏以前，至杜甫来游时，已有二三百年的历史，故说"此亭古"。⑤自汉以来的经师如伏生等，皆济南人。又杜甫自注："时邑人蹇处士等在座。"故曰"名士多"。⑥兴（性 xìng）——兴致。⑦玉佩——古代衣带上佩戴的玉饰，这里代指侑酒的歌伎。仍——又，复，与上句"已"字呼应。当——相对的意思。⑧修竹——长竹。⑨交流——指沥水与涑水相汇。空涌波——水原是能生凉的，但因亭有修竹庇阴，已很凉爽，所以说"空涌波"。这两句是写环境的清幽。⑩蕴（运 yùn）真——蕴含真趣。惬（怯 qiè）——满意，称心。⑪这句说，日落则席将散，不能久留。有不胜流连之感。⑫贵——指李邕。贱——杜甫自谓。俱物役——是说无论贵贱，同为事物所役使。⑬公——对李邕的尊称。这两句慨叹二人都身不得自由，这次欢聚之后，还不知何时能得重游。按：天宝六载正月，李邕即被奸相李林甫杖杀在任所。

赠 李 白

秋来相顾尚飘蓬①，未就丹砂愧葛洪②。痛饮狂歌空度日③，飞扬跋扈为谁雄④？

【说明】天宝三载（744）四月，杜甫与被唐玄宗赐金放还的李白在洛阳相识，遂相约同游梁宋（今河南省开封市、商丘市一带），天宝四载（745），二人又同游齐赵，他们一同驰马射猎，赋诗论文，相爱如弟兄。这年秋天，杜甫与李白在鲁郡（今山东省兖州市）相别，杜甫写了这首赠诗。诗中慨叹二人漂泊不定，学道无成。"痛饮"二句，既是对好友的规劝，也含有自警之意，语重心长，可见二人友谊之诚挚。

【解释】①相顾——相对而视，见得彼此一样。尚——犹，还。飘蓬（朋 péng）——蓬为草本植物，叶如柳叶，开白色小花，秋枯根拔，随风飘荡。故常用来比喻人的行踪飘忽不定。时李白、杜甫二人在仕途上都失意，相偕漫游山东，无所归宿，故以飘蓬为比。②未就——没有成功。丹砂——即朱砂，道家认为炼砂成药，服之可以延年益寿。葛洪——东晋道士，自号抱朴子，入罗浮山炼丹。李白好神仙，曾自炼丹药，并在齐州从道士高如贵受"道箓（录 lù)"（一种入教仪式）。此时杜甫也曾和李白一道渡黄河登王屋山访道士华盖君，因华盖君已死，惆怅而归。两人在学道方面也无所成就，所以说"愧葛洪"。③空度日——虚度年华。④飞扬跋扈（拔户 bá hù)——不守常规，狂放不羁。为谁雄——到底为了哪个而这样逞雄呢？李白好任侠和剑术，曾手杀数人，又傲视一切，故以此规诫李白。

饮中八仙歌

　　知章骑马似乘船^①，眼花落井水底眠^②。汝阳三斗始朝天^③，道逢麹车口流涎^④，恨不移封向酒泉^⑤。左相日兴费万钱^⑥，饮如长鲸吸百川^⑦，衔杯乐圣称避贤^⑧。宗之潇洒美少年^⑨，举觞白眼望青天^⑩，皎如玉树临风前^⑪。苏晋长斋绣佛前^⑫，醉中往往爱逃禅^⑬。李白一斗诗百篇^⑭，长安市上酒家眠^⑮，天子呼来不上船^⑯，自称臣是酒中仙^⑰。张旭三杯草圣传^⑱，脱帽露顶王公前^⑲，挥毫落纸如云烟^⑳。焦遂五斗方卓然^㉑：高谈雄辩惊四筵^㉒。

　　【说明】这首诗大概是天宝五载（746）杜甫初到长安时所作。史称李白与贺知章、李适之、李琎、崔宗之、苏晋、张旭、焦遂八人俱善饮，称为"酒中八仙人"。他们虽都在长安待过，但并不是同时都在长安，是杜甫从"饮酒"这个角度把他们联系在一起的，全是追叙。这首诗在体裁上也是一个创格。句句押韵，一韵到底；前不用起，后不用收；并列地分写八人，句数多寡不齐，但首尾中腰，各用两句，前后或三或四，变化中仍有条理。八人中，贺知章资格最老（比李白大四十一岁，比杜甫大五十二岁），所以便放在第一位。其他便按官爵，从王公宰相一直说到布衣。诗中写八人醉态各有特点，纯用漫画素描的手法，写他们的平生醉趣，充分地表现了他们嗜酒如命、放浪不羁的性格，其中隐含一股抑郁不平之气。

【解释】①知章——即贺知章，越州永兴（今浙江省萧山县）人，官至秘书监。性旷放纵诞，自号"四明狂客"，又称"秘书外监"。他在长安一见李白，便称他为"谪仙人"，因没酒钱，便解下所佩金龟换酒为乐。骑马似乘船——写贺醉态，醉中骑马，摇摇晃晃，犹似乘船一样。②这句说，贺知章醉眼昏花，跌落井中犹不自知，仍然醉眠井底。这是夸张地形容其醉态。③汝阳——指汝阳王李琎，唐玄宗的侄子。斗——一种大的酒器。朝天——朝见天子。三斗始朝天，谓痛饮后方才入朝。④麹（曲 qū）车——酒车。涎（贤 xián）——口水。⑤移封——改换封地。酒泉——郡名，在今甘肃酒泉市。传说郡城下有泉，味如酒，故名酒泉。⑥左相——指左丞相李适之。李适之于天宝元年（742）八月为左丞相，五载（746）四月，为李林甫排挤罢相。七月，贬为宜春太守。六载正月，仰药自杀。

此诗当作于李适之罢相之后，仰药之前。⑦鲸（京 jīng）——鲸鱼。古人以为鲸鱼能吸百川之水，故用来形容李适之的酒量之大。⑧衔（闲 xián）杯——意谓贪酒。乐（lè）圣——意谓乐于生在圣代。圣，圣朝，对当代皇帝的颂称。李适之罢相后，尝作诗云："避贤初罢相，乐圣且衔杯。为问门前客，今朝几个来？"此化用李之诗句，说他虽罢相，仍豪饮如常。⑨宗之——即崔宗之，吏部尚书崔日用之子，袭父封为齐国公，官至侍御史，也是李白的朋友。潇洒——举止大方，不拘束。⑩觞（商 shāng）——酒杯。白眼——晋阮籍能作青白眼，见庸俗的人，使用白眼相看，表示蔑视。这句形容崔宗之醉后兀傲之状。⑪皎——洁白。玉树临风——形容摇曳之态。崔宗之风姿秀美，故以玉树为喻。⑫苏晋——开元间举士，曾为户部和吏部侍郎。长斋——长期斋戒。绣佛——指画的佛像。⑬逃禅（蝉 chán）——这里指不守佛家法戒。佛教徒以饮酒为戒。苏晋长斋信佛，而喜饮酒，故曰"逃禅"。逃，有背离意。如"逃难""逃荒""逃学"之"逃"。⑭李白向以豪饮闻名。"一斗诗百篇"，是说才饮一斗酒就能写出百篇诗，形容李白不但酒兴豪，而且文思敏捷。⑮《新唐书·李白传》载：李白应诏至长安，唐玄宗在金銮殿召见他，并赐食，亲为调羹，诏为供奉翰林。有一次，玄宗在沉香亭召他写配乐的诗，而他却在长安酒肆与酒徒喝得大醉。这句即指此事而言。⑯范传正《李白新墓碑》记载：玄宗泛舟白莲池，召李白来写文章。而这时李白已在翰林院喝醉了，玄宗就命高力士扶他上船来见。这句即指此。⑰臣——李白自谓。这四句极写李白狂放嗜酒，蔑视权贵，连皇帝也不放在眼里。⑱张旭——吴人，唐代著名书法家，善草书，时人称为"草圣"。草圣——草书之圣。⑲脱帽露顶——写张旭狂放不羁的神态。张旭嗜酒，每当大醉以后，呼叫狂走，然后下笔，世呼"张颠"。⑳挥毫——挥笔。如云烟——形容张旭书法飞动，犹如天上云烟。㉑焦遂——当时布衣之士，事迹不详。卓然——神采焕发的样子。五斗方卓然，是说焦遂喝了五斗酒之后，方始卓然起兴，高谈阔论起来。㉒惊四筵——使四座的人为之惊奇。筵席分四面而坐，故称"四筵"。

春日忆李白

白也诗无敌①：飘然思不群②；清新庾开府③，俊逸鲍参军④。渭北春天树⑤，江东日暮云⑥。何时一樽酒⑦，重与细论文⑧？

【说明】这是天宝五载（746）或六载春，杜甫到长安后不久所作。杜甫和李白于天宝四载秋在鲁郡分别，就再没有见过面。诗中表达了杜甫对李白的深挚情谊和对他的文学才能的极高评价，一扫"文人相轻"的习气。

【解释】①也——语气助词，表示强调。②飘然——高超之意。思——指才思。不群——不同于一般人。这两句说：李白才思超群，故其为诗无有匹敌。系倒装句式，下句说明上句。③清新——自然而有新意。庾（语 yǔ）开府——庾信曾在北周为骠骑大将军、开府仪同三司，故称庾开府。④俊逸——豪放飘逸。与上句"清新"，均指诗的风格而言。鲍参军——即鲍照，刘宋时曾为荆州前军参军。庾、鲍都是南北朝时著名诗人，杜甫对二人很推崇。这两句以庾信、鲍照之长赞美李白的诗。⑤渭北——渭水北岸，借指长安一带，为杜甫所在地。⑥江东——指今江苏省南部和浙江省北部一带，为当时李白所在地。这两句寓情于景，写二人天各一方，彼此都深相怀念之情。⑦樽（尊 zūn）——酒器。⑧论文——即论诗。六朝以来，通谓诗为文。李杜同游齐鲁时，曾互相讨论写诗的甘苦心得，今别后追思，倍加神往。

奉赠韦左丞丈二十二韵

纨袴不饿死^①，儒冠多误身^②。丈人试静听^③，贱子请具陈^④：甫昔少年日^⑤，早充观国宾^⑥。读书破万卷^⑦，下笔如有神^⑧。赋料扬雄敌^⑨，诗看子建亲^⑩。李邕求识面^⑪，王翰愿卜邻^⑫。自谓颇挺出^⑬，立登要路津^⑭。致君尧舜上^⑮，再使风俗淳^⑯。此意竟萧条^⑰，行歌非隐沦^⑱。骑驴三十载^⑲，旅食京华春^⑳。朝扣富儿门^㉑，暮随肥马尘。残杯与冷炙^㉒，到处潜悲辛^㉓。主上顷见征^㉔，歘然欲求伸^㉕。青冥却垂翅^㉖，蹭蹬无纵鳞^㉗。甚愧丈人厚^㉘，甚知丈人真^㉙。每于百僚上^㉚，猥诵佳句新^㉛。窃效贡公喜^㉜，难甘原宪贫^㉝。焉能心怏怏^㉞，只是走踆踆^㉟？今欲东入海^㊱，即将西去秦^㊲。尚怜终南山^㊳，回首清渭滨^㊴。常拟报一饭^㊵，况怀辞大臣^㊶。白鸥没浩荡^㊷，万里谁能驯^㊸？

【说明】此诗作于天宝七载（748）。韦左丞指韦济，时任尚书省左丞。他很赏识杜甫的诗，并曾表示过关怀。杜甫这时应试落第，困守长安，心情牢落，想离京出游，于是就写了这首诗向韦济告别。诗中陈述了自己的才能和抱负，倾吐了仕途失意、生活潦倒的苦况，抨击了当时的社会和政治现实。这是杜甫中年自叙生平的一首重要作品。

【解释】①纨（完 wán）——细绢。袴——同"裤"。"纨袴"是指富贵子弟。②儒冠——古时读书人戴的帽子。这里指读书人，杜甫自谓。这两句说，富贵子弟不学无术却养尊处优，而我满腹经纶却穷困潦倒。这两句起得很突兀，真是"一肚皮牢骚愤激"。而"儒冠误身"尤为全诗的骨干。③丈人——对长辈的尊称。这里指韦济。试——与下句"请"为互文，皆有"聊且"义。④贱子——年少位卑者自谓。这里是杜甫自称。具陈——细说。⑤昔——从前。⑥充——充当。这两句是指开元二十三年，杜甫以乡贡（由州县选出）的资格在洛阳参加进士考试的事。杜甫那时才二十四岁，就已是"观国之光"（参观王都）的王宾了，故曰"早充"。"观国宾"，语出《易经》："观国之光，利用宾于王。"⑦破——吃透，真正领会。万卷——形容书读得多。⑧如有神——形容才思敏捷，运笔自如，若有神助。⑨扬雄——字子云，蜀郡成都（今属四川省）人，西汉辞赋家。料——差不多，估量之意。敌——匹敌。⑩子建——曹植的字，三国时著名诗人，曹操之子，曹丕之弟。看——比，比拟，与"料"意相近。亲——接近。这两句说，自己作赋可与扬雄相匹敌，写诗可比曹植，与其相近。⑪李邕（yōng）——唐代文豪、书法家，曾任北海郡太守。杜甫少年在洛阳时，李邕奇其才，曾主动去结识他，故曰"求识面"。⑫王翰——当时著名诗人，《凉州词》的作者。开元时为秘书正字，终道州司马。卜邻——做邻居，相传古代卜地而居。这两句是说自己少年时就受到前辈的器重和赏识。⑬自谓——自以为。挺出——特出。⑭立——立即、很快。津——渡口。要路津，比喻重要的职位。这两句说，杜甫自以为出类拔萃，很快就可以身居要职，得到重用。⑮致——促使。君——皇帝。这里指唐玄宗。尧舜——中国古代传说中的两个圣明君主。上——超过。⑯淳——淳朴，淳厚。这两句说，如果自己得到重用的话，可以辅佐皇帝超过尧舜，使已经败坏的社会风俗再恢复到上古那样淳朴敦厚。这也是一般儒者的最高政治理想。⑰此意——指上述诗人的政治抱负。萧条——冷落，寂寞，此处有落空意。⑱隐沦——隐逸之士。这两句说，想不到我的政治抱负竟然落空，自己虽然也写些诗歌，但却不是逃避现实的隐士。⑲骑驴——与乘马的达官贵人对比，正应上文"萧条"的意思。三十载——有人认为应作"十三载"。从开元二十三年杜甫参加进士考试，到天宝六载，恰为十三载。⑳旅食——寄食。京华——京师，指长安。春——形容京师的繁华。这两句说，自己为寻找出路而骑驴奔走了十多年，在繁华的京师过着寄食于人的困苦生活。以下四句即具体描写诗人偃蹇困顿的生活和悲苦心情。㉑扣——敲。富儿——对达官贵人的鄙称。㉒残杯、冷炙（治 zhì）——指达官贵人多余的残汤剩饭。㉓潜——隐藏。㉔主上——指唐玄宗。顷——不久以前。见征——被征召。㉕欸（虚 xū）然——忽然。欲求伸——意指希望表现自己的才能，实现致君尧舜的志愿。㉖青冥——青天，高空。垂翅——飞鸟折翅从天空下坠。㉗蹭蹬（cèng dèng）——行进困难的样子。无纵鳞——本指鱼不能纵身远游。这里是说理想不得实现。以上四句所指事实是：天宝六载（747），唐玄宗下诏征求有一技之长的人赴京应试，杜甫也参加了，宰相李林甫嫉贤妒能，让全部应试的人都落选，还上表称贺"野无遗贤"。这对当时急欲施展抱负的杜甫是一个沉重的打击。㉘愧——愧对。丈人——指韦济。厚——厚意。㉙真——真心。㉚百僚——指韦左丞的同僚和属官。㉛猥（委 wěi）——承蒙，表示客气。佳句——指杜甫的诗句。这两句说，承蒙你经常在百官面前吟诵我新诗中的佳句，极力加以奖掖推荐。㉜窃——私下。效——效法。贡公——指西汉人贡禹。他与王吉为友，闻吉贵显，高兴得弹冠相庆，因为知道自己也将出头。这里杜甫自比贡禹，以王吉期待韦济，希望他能荐拔自己。㉝难甘——难以甘心忍受。原宪——孔子的学生，以贫穷出名。㉞焉能——岂能，怎能。怏怏——气愤不平。㉟只是——老是这样。踆踆（qūn）——且进且退的样子。㊱今欲——与下句"即将"意同。今，犹"即"。东入海——指避世隐居，孔子曾说过"道不行，乘桴浮于海"的话。㊲去——离开。秦——指长安。这两句对偶互文，意谓即将离秦而东入海也。但这只是说说而已，并未成为事实。㊳怜——思念。终南山——在长安南。㊴渭——渭水，在长安北。这两句是说欲去又不忍离去，仍念念不忘朝廷。㊵拟——打算，想要。报一饭——报答一饭之恩。如春秋时灵辄之报赵宣子（见《左传》宣公二年），汉时韩信之报漂母（见《史记·淮阴侯列传》），都是历史上有名的故事。尤其是韩信以千金报漂母，更为唐代诗人所乐于称道。李白、刘长卿都曾咏及。杜甫这里也很可能是用的韩信的故事。意在表明自己虽受人微小之恩，也要报答。㊶况——何况。大臣——指韦济。这两句意思是，一饭之德，尚不忘报，何况远辞大臣，又是文章知己，哪能不说声就走？说明赠诗之故。㊷白鸥——一种水鸟。这里是诗人自比。没浩荡——灭没于浩荡的烟波之间。㊸驯——驯服，引申为拘束。谁能驯，谁还能拘束我？最后两句显示了杜甫壮年时代兀傲不驯的性格。

兵　车　行①

　　车辚辚②，马萧萧③。行人弓箭各在腰④。爷娘妻子走相送，尘埃不见咸阳桥⑤。牵衣顿足拦道哭，哭声直上干云霄⑥！

　　道旁过者问行人⑦，行人但云："点行频⑧！或从十五北防河⑨，便至四十西营田⑩。去时里正与裹头⑪，归来头白还戍边⑫！边庭流血成海水⑬，武皇开边意未已⑭！君不闻：汉家山东二百州⑮，千村万落生荆杞⑯。纵有健妇把锄犁，禾生陇亩无东西⑰。况复秦兵耐苦战⑱，被驱不异犬与鸡。

　　"长者虽有问⑲，役夫敢申恨⑳？且如今年冬，未休关西卒㉑。县官急索租，租税从何出？信知生男恶㉒，反是生女好。生女犹得嫁比邻㉓，生男埋没随百草！君不见：青海头㉔，古来白骨无人收。新鬼烦冤旧鬼哭，天阴雨湿声啾啾㉕！"

【说明】这是一首反对唐玄宗穷兵黩武的政治讽刺诗，可能作于天宝十载（751）。天宝以后，唐王朝对我国边疆少数民族的战争越来越频繁，战争的性质，已由天宝以前的制止侵扰，安定边疆，转化为残酷征伐。这些连年征战，给我国边疆少数民族和广大中原地区的人民都带来深重的灾难。

天宝十载，剑南节度使鲜于仲通发兵征讨云南地区的南诏（少数民族政权，建都今云南省大理市），结果在泸水南面战败，死丧士兵六万人。接着，唐王朝在关中地区继续征兵，搜括兵源。人们听说云南多瘴疠，没等交战，病死的多达十之八九，都不肯应征。于是宰相杨国忠就派遣御史分道捕人，把壮丁驱赶到前方去。壮丁的父母妻子奔走相送，生人作死别，哭声震野，悲惨情景使人目不忍睹。这首诗大概就是为此事而作的。全诗分为两大段：首段摹写送别的惨状，是纪事。"问行人"以下为第二段，传达征夫的诉苦，是纪言。诗人深刻地揭露了李唐王朝穷兵黩武带给人民的巨大灾难，表达了对受害者的真挚而深厚的同情。这是杜甫第一首为人民的苦难而写作的诗歌。

这首七言歌行，诗人吸收了民歌中的接字手法，就是上一句的末一二字，与下一句的头一二字相同相接，蝉联而下，诵读起来，累累如贯珠，音调和谐动听。另外，还运用了一些通俗口语，具有亲切明快的感染力量。正如前人所评的："语杂歌谣，最易感人，愈浅愈切。"

【解释】①行——本是乐府歌曲中的一种体裁。但《兵车行》是杜甫自创的新题。②辚辚（邻 lín）——车轮声。③萧萧——马鸣声。④行人——出行的人，指被征发的士兵。⑤咸阳桥——在咸阳西南，横跨渭水的一座大桥。这句说：车马行人众多，尘埃迷漫，连大桥也淹没了。⑥干——冲犯。⑦过者——过路的人。在这里就是杜甫本人。⑧点行——当时征兵用语，即按名册征发。频——频繁。"但云"以下，全是行人的答话。⑨或——不定指代词，有的、有的人。防河——当时常与吐蕃战争，曾征召陇右、关中、朔方诸军集结河西一带防御。因其地在长安以北，所以说"北防河"。⑩营田——古时实行屯田之制，军队无事种田，有事作战。"西营田"也是防备吐蕃的。⑪里正——唐制，每百户设一里正，负责管理户口、检查民事、催促赋役等。古时以皂罗（黑绸）三尺裹头，曰头巾，因为年纪小，所以需要里正给他裹头。⑫戍（树 shù）——防守。⑬边庭——边疆。⑭武皇——汉武帝刘彻。这里借以指代唐玄宗。因为一则汉武帝和唐玄宗在黩武开边上有共同之处，二则不敢直斥当朝皇帝，所以拿汉武帝比拟唐玄宗。开边——用武力开拓边疆。意未已——意图还没有打消。⑮汉家——即汉朝，这里借指李唐政权。山东——指当时华山以东的广大地区。⑯荆杞（起 qǐ）——荆棘与杞柳，都是野生灌木。⑰这句是说：庄稼种得散乱不整，分不清畦陇。⑱秦兵——指关中一带的士兵。耐苦战——能顽强苦战。"况复"二句，是说关中的士兵因为能顽强苦战，所以像鸡狗一样被驱赶上战场卖命。⑲长者——即上文的"道旁过者"。是征人对他的敬称。⑳役夫——即"行人"。是征人对自己的谦称。敢申恨——是说不敢诉说自己的冤屈愤恨。这是反诘语气，表现士卒敢怒而不敢言的情态。㉑未休——未罢。关西——当时指函谷关以西的地方。这两句说，因为对吐蕃的战争还未结束，所以关西的士兵都未能罢遣还家。㉒信——实在。㉓比邻——近邻。㉔青海头——即青海边。这里是自汉代以来，汉族经常与西北少数民族发生战争的地方。唐初，在这一带也曾与突厥、吐蕃发生大规模的战争。㉕啾啾（揪 jiū）——象声词，表示一种呜咽之声。

丽 人 行

　　三月三日天气新①，长安水边多丽人②。态浓意远淑且真③，肌理细腻骨肉匀④。绣罗衣裳照暮春⑤，蹙金孔雀银麒麟⑥。头上何所有？翠为匎叶垂鬓唇⑦。背后何所见？珠压腰衱稳称身⑧。

　　就中云幕椒房亲⑨，赐名大国虢与秦⑩。紫驼之峰出翠釜⑪，水精之盘行素鳞⑫。犀箸厌饫久未下⑬，鸾刀缕切空纷纶⑭。黄门飞鞚不动尘⑮，御厨络绎送八珍⑯。箫鼓哀吟感鬼神，宾从杂遝实要津⑰。后来鞍马何逡巡⑱，当轩下马入锦茵⑲！杨花雪落覆白蘋⑳，青鸟飞去衔红巾㉑。炙手可热势绝伦㉒，慎莫近前丞相嗔㉓！

　　【说明】这诗当是天宝十二载（753）春所作，讽刺杨国忠兄妹的骄奢淫逸。首二句提纲，"态浓"一段写丽人的姿态服饰之美，"就中"二句点出主角，"紫驼"一段写宴乐之奢侈，

"后来"一段写杨国忠的气焰和无耻。整首诗不空发议论，只是尽情揭露事实，语极铺张，而讽意自见，是一首绝妙的讽刺诗。所以前人评此诗曰："无一刺讥语，描摹处，语语刺讥。无一慨叹声，点逗处，声声慨叹。"

【解释】①三月三日——为上巳日，唐代长安士女多在这天游赏城南的游览胜地曲江。②水边——指曲江和芙蓉苑一带的园池胜景。③态浓——姿态浓艳。意远——神情高远。淑且真——贤淑而不做作。这里是说反话。④肌理细腻——皮肤的纹理细嫩光滑。骨肉匀——不高不低，不肥不瘦，很匀称。⑤绣罗——刺绣的丝绸衣服。⑥蹙（促 cù）——嵌镶。这两句说，用金银线镶绣着孔雀和麒麟的华丽衣裳与暮春的美丽景色相映生辉。⑦翠——一种翡翠鸟的羽毛。匐（è）叶——妇女首饰。鬓唇——鬓边。⑧腰衱（jié）——裙带。稳称身——十分贴切合身。⑨就中——唐代口语，即其中。云幕——指宫殿中的云状帷幕。椒房——汉代皇后居室，以椒和泥涂壁。后世因称皇后为椒房，皇后亲属为椒房亲。⑩这句是指：天宝七载（748），唐玄宗赐封杨贵妃的大姐为韩国夫人，三姐为虢（国 guó）国夫人，八姐为秦国夫人。⑪紫驼之峰——即驼峰，是一种珍贵的食品。唐贵族食品中有"驼峰炙"。釜（斧 fǔ）——古代的一种锅。翠釜，形容锅的色泽。这句说，用精致的锅炮制驼峰。⑫水精——即水晶。行——传送。素鳞——指白鳞鱼。这句说,用水晶盘盛着烹好的鱼送到宴席上去。⑬犀箸——犀牛角做的筷子。厌饫(裕 yù)——吃得腻了。久未下——是说都不中吃,所谓"无下箸处"。⑭鸾刀——带铃的刀。缕切——细切。空纷纶——厨师们白忙乱一大阵。⑮黄门——宦官。鞚(控 kòng)——马勒头。飞鞚,即飞马。不动尘——没有扬起尘土。指速度很快,连尘土也来不及扬起。⑯御厨——天子的厨房。络绎——接连不断。八珍——形容珍美的食品之多。⑰宾从——宾客。杂遝(榻 tà)——众多杂乱。要津——本指重要渡口,这里喻指杨国忠兄妹的家门,所谓"虢国门前闹如市"。实——这里是表示嗟叹的口气。⑱后来鞍马——即指丞相杨国忠。逡(qūn)巡——缓慢徐行的样子。这里兼有大模大样、旁若无人的意味,即下句所言。⑲轩——指门户。锦茵——锦织的地毯。这里指杨氏兄妹游宴之所。⑳以下两句都是隐语,是以曲江暮春的自然景色来影射杨国忠和从妹虢国夫人(嫁裴氏)的暧昧关系。杨花覆蘋——古有杨花入水化为萍的说法,萍之大者为蘋。是杨花、萍和蘋虽为三物,实出一体,故以杨花覆蘋影射兄妹苟且。据史载:"虢国素与国忠乱,颇为人知,不耻也。每入谒,并驱道中,从监、侍姆百余骑,炬密如昼,靓妆盈里,不施帏障,时人谓为'雄狐'。"㉑青鸟——古代神话传说中能为西王母传递信息的使者。后世即以青鸟代表情人的信使。红巾——妇人所用的手帕。飞去衔红巾，指为杨氏兄妹传递消息。㉒炙（治 zhì）手可热——势焰灼人。绝伦——无人能比。㉓丞相——指杨国忠。杨于天宝十一载十一月为右丞相。嗔（琛 chēn）——发怒。

前出塞九首 (录二)

其一

戚戚去故里①，悠悠赴交河②。公家有程期③，亡命婴祸罗④。君已富土境⑤，开边一何多⑥！弃绝父母恩，吞声行负戈⑦。

【说明】汉乐府有《出塞》《入塞》曲，是写边疆战斗生活的。杜甫写有《出塞》曲多首，先写的九首称《前出塞》，后写的五首称《后出塞》。天宝末年，边将哥舒翰贪功于吐蕃，安禄山构祸于契丹，于是征调半天下，巨大的灾难落到了人民的头上。《前出塞》通过集中描写一个战士戍边十年的从军过程，反映了唐王朝发动的开边战争给人民带来的深重苦难，讽刺了唐玄宗的穷兵黩武政策。这组诗采用第一人称写法，掌握人物特征，着重心理刻画，以点来反映面，结构紧凑，层次井然，九首只如一首。这里只选了第一首和第六首。第一首是写从军战士被征戍边在征途上的怨愤情绪。第六首的主题是反对穷兵黩武和贪功滥杀。

【解释】①戚戚——愁苦的样子。故里——故乡。因被迫应征，故心怀戚戚。②悠悠——遥远。交河——唐代西北边疆地区一个驻军地点，在今新疆维吾尔自治区吐鲁番市。③公家——官家。有程期——是说行军接防有规定的期限。④亡命——逃亡。婴——触犯。祸罗——灾祸的罗网。这句是说，如果逃跑，就要触犯法网。唐代实行"府兵制"，天宝末，还未全废，士兵有户籍，逃则连累父母妻子。⑤君——皇上，指唐玄宗。富土境——是说唐王朝直接管辖的领土已够辽阔。⑥开边——指开拓边疆、争夺土地的非正义战争。一何——何等，多么。这两句点出赴交河之故，是全诗的主脑，是人民的抗议，也是杜甫的斥责。⑦吞声——强忍悲痛，不敢出声。

其六

挽弓当挽强^①，用箭当用长。射人先射马，擒贼先擒王②。杀人亦有限③，立国自有疆④。苟能制侵陵⑤，岂在多杀伤⑥？

【解释】①挽弓——拉弓。强——指硬弓。②这四句极像谣谚，可能是当时军中流行的作战歌诀。马目标大易射，马倒则人非死即伤，故先射马；蛇无头而不行，王擒则贼自溃散，故先擒王。"擒王"句乃主意所在，下四句便是引申这一句的。③亦有限——也应该有个限度。④自有疆——本来各自都有疆界。⑤苟——如果，假使。制——制止。侵陵——侵犯，侵略。⑥岂——哪里。这两句说，只要能达到击退并防止外来侵略的目的，又何必一定要多杀人呢？这两句反映了杜甫对当时边疆战争的卓有远见的看法。

同诸公登慈恩寺①塔 时高适、薛据先有此作

高标跨苍穹②，烈风无时休③。自非旷士怀④，登兹翻百忧⑤。方知象教力⑥，足可追冥搜⑦。仰穿龙蛇窟⑧，

始出枝撑幽⑨。七星在北户⑩，河汉声西流⑪。羲和鞭白日⑫，少昊行清秋⑬。秦山忽破碎⑭，泾渭不可求⑮。俯视但一气⑯，焉能辨皇州⑰？回首叫虞舜⑱，苍梧云正愁⑲。惜哉瑶池饮⑳，日晏昆仑丘㉑。黄鹄去不息㉒，哀鸣何所投㉓？君看随阳雁㉔，各有稻粱谋㉕！

【说明】这首诗作于天宝十一载（752）秋。这时唐玄宗宠幸杨贵妃，沉湎酒色，政治黑暗，那个把持相位十九年、"口蜜腹剑"、仇视文学之士的权奸李林甫还没有死（他是这年冬十一月死的），同时杜甫自己在长安熬了六七年还是找不到一点出路，这使他对现实的危机有所认识，因此在诗歌中透露了深刻的感慨和讽刺。由于当时的政治环境，他不得不采用一种比兴的象征手法，把对社会现实的讽刺融化在景物的描写和神话故事的咏叹里。全诗结构严整，想象瑰丽，表现了诗人敏锐的洞察力和忧国伤时的怀抱。

【解释】①慈恩寺——唐太宗贞观二十一年（647），太子李治为纪念他的母亲文德皇后所建，故名"慈恩"。唐高宗（李治）永徽三年（652），三藏法师玄奘在寺中建塔，即慈恩寺塔，又名大雁塔，在今陕西省西安市和平门外八里处，现有七层，高六十四米。诸公——指高适、岑参、储光羲和薛据，他们都是当时负有盛名的诗人。当时他们一起登塔，每人写了一首登塔的诗（其中薛据的诗已失传），故杜甫自注："时高适、薛据先有此作。"因为杜甫作此诗在他们之后，所以说"同诸公"。同就是和的意思。②标——高耸之物。高标，指塔。苍穹（穷 qióng）——青天。③烈风——形容风大而猛。休——停息。这两句泛写塔之高。塔高凌空，所以说"跨"；塔高，又每层皆四面有窗，可以"招取四面风"，故风吹不停。④旷士——旷达的人。怀——胸怀。⑤兹——此，指塔。翻——即反，反而的意思。这两句说，杜甫自言不是超尘绝俗的人，所以登塔赏览风景，不仅不能消忧，反而引起无限的忧愁。所谓"百忧"，即诗后半所说的种种。"忧"字实为一篇之眼。⑥象教——佛祖释迦牟尼说法时常借形象以教人，故也称佛教为象教。佛塔即是佛教的象征。⑦冥（明 míng）搜——本谓深究事物的底蕴，后来也称构思写作为冥搜。这里指登高望远，百感交集，因而引起人们深沉的思索和浓厚的诗兴。⑧窟（枯 kū）——洞穴。⑨枝撑（chēng）——塔中斜柱。幽——幽暗。这两句说，塔内梯道屈曲，盘旋而上，登塔若穿龙蛇之穴，必至其尽级最高处，始出廊柱枝撑之幽，而豁然开朗。⑩以下八句写登塔所见。七星——指北斗七星。"七星"四句是仰观。

⑪河汉——银河。⑫羲（西 xī）和——神话传说中日车的御者。⑬少昊（shào 浩 hào）——传说是秋天的神。点明登塔的季节。七星和河汉，都不是白天所能见到的，河汉也没有声音。羲和和少昊，都是神话中的人物。但诗人却用"在""声""鞭""行"等字，令人如闻其声，如见其事，想象奇瑰。⑭秦山四句是俯视。秦山——指长安以南的终南诸山。凭高一望，大小错杂，有如破碎。"忽破碎"也隐喻国家将有破碎的危机。"忽"字用得传神。⑮泾渭——二水名，均发源于甘肃省，在陕西省汇合流入黄河。但泾浊渭清。"不可求"，是说远望泾渭不能分其清浊，暗指政治黑暗，善恶不分。⑯但——只是。一气——一片蒙蒙不清的样子。⑰焉能——岂能，怎么能。皇州——指京城长安。这四句不是单纯写景，以景物的模糊难辨，象征时局的昏暗。⑱以下八句写登塔所感。虞舜——虞是传说中的远古部落名，即有虞氏，舜为其领袖，史称虞舜。尧禅位于舜。⑲苍梧——相传舜崩于苍梧之野，葬于九嶷之山（在今湖南省境内）。唐高祖李渊号神尧皇帝，他晚年禅位给次子李世民（即唐太宗）。唐太宗葬于昭陵。这里的虞舜、苍梧，即隐指唐太宗和昭陵。由于当时玄宗昏庸，政治腐败，故诗人不禁想起太宗贞观之治的全盛时代。⑳瑶池——古代神话中昆仑山上的地名，为西王母所居。㉑晏——晚。时当日落，故曰"日

晏"，亦隐含天下将乱意。昆仑丘——即昆仑山。传说周穆王曾西游昆仑山，与西王母宴饮于瑶池之上。这时唐玄宗与杨贵妃游宴骊山，日夜淫乐，不问朝政，故借以为刺。㉒黄鹄（胡hú）——一种大鸟。传说黄鹄向上一飞，则知山川之纡曲，再飞，就能看清天地之方圆。在这里比喻有才能的贤人，也有自比之意。去不息——都被排斥，高飞远引。㉓何所投——投奔什么地方？意谓无处可投。㉔随阳雁——雁是一种候鸟，秋由北而南，春由南而北，故曰随阳雁。这里比喻趋炎附势、自私自利的小人。㉕稻梁谋——原指禽鸟觅取食物的方法，这里用以比喻小人只知谋求个人的利禄。

奉先刘少府新画山水障歌①

堂上不合生枫树②，怪底江山起烟雾③！闻君扫却《赤县图》④，乘兴遣画沧洲趣⑤。画师亦无数，好手不可遇。对此融心神⑥，知君重毫素⑦。岂但祁岳与郑虔⑧，笔迹远过杨契丹⑨。得非玄圃裂⑩？无乃潇湘翻⑪？悄然坐我天姥下⑫，耳边已似闻清猿⑬。反思前夜风雨急，乃是蒲城鬼神入⑭。元气淋漓障犹湿⑮，真宰上诉天应泣⑯。野亭春还杂花远⑰，渔翁暝踏孤舟立⑱。沧浪水深青溟阔⑲，欹岸侧岛秋毫末⑳。不见湘妃鼓瑟时，至今斑竹临江活㉑。刘侯天机精㉒，爱画入骨髓。自有两儿郎，挥洒亦莫比㉓。大儿聪明到㉔：能添老树巅崖里。小儿心孔开㉕：貌得山僧及童子㉖。若耶溪，云门寺㉗，吾独胡为在泥滓㉘？青鞋布袜从此始㉙！

【说明】天宝十三载（754），秋雨成灾，长安乏食，杜甫只得携家往奉先安置，当时奉先县令杨某，是杜甫夫人的同族。此诗是在奉先县尉刘单家中观画所作。

【解释】①奉先——今陕西省蒲城县。少府——县尉的尊称。山水障——画着山水的屏障。②不合——不应该。③底——六朝以来方言，相当于"什么""怎么"。这两句说，堂上是不应当或者说是不可能长出枫树的，现在却居然长出来了，更可怪的是，还出现了烟雾缭绕的万里江山。极写画之神妙逼真。这两句起得突兀，想落天外，出人意表。④君——指刘单，即山水障画的作者。扫却——画完了。扫，有一挥而就意。赤县——唐代县分七等，京都所治的叫赤县，属第一等。开元十七年将奉先县升为赤县。此处赤县图即指地方上的风景画。⑤沧洲趣——隐士们流连山水的乐趣。即指山水画。⑥融心神——用心的意思。⑦君——指刘单。毫素——作画所用的毛笔和绢素。这两句说，你将全部心神都用在画上了，足见你对绘画艺术的重视。⑧岂但——岂止是（超过）。祁岳——唐朝名画家，事迹不详。郑虔——杜甫的好朋友。他擅长诗、书、画，被唐玄宗誉为"郑虔三绝"。⑨杨契丹——隋朝大画家。⑩得非——与下句"无乃"，都是反问词，相当于"莫不是"。玄圃——亦作"县圃"，在昆仑山巅，仙人所居。裂——分裂。⑪潇湘——本为湖南二水名，在零陵县合流，因总称潇湘。翻——如翻江倒海之状。以上二句极力形容所画山水之逼真。⑫悄然——不知不觉地。坐——犹"致"，有使动意。天姥（母 mǔ）——山名，在浙江省嵊县。杜甫早年曾游历此山。⑬清猿——猿声凄清。这两句意思说，你画得实在太好了，使我不知不觉地好像坐在秀丽的天姥山下，耳边仿佛听到猿猴凄清的啼叫声。⑭蒲城——即奉先县。鬼神入——鬼神下降。这两句是说，刘单作画，巧夺天工，使鬼神震惊不安。⑮元气——天地自然之气。元气淋漓，形容笔墨的饱满酣畅，神采焕发。犹——还。⑯真宰——犹言造物主。天——至高无上的神，宇宙之主宰者。《春秋繁露·郊义》："天者，百神之君也。"⑰此下六句实写画中景物，以前皆虚摹，此后乃实描。春还——春气回还。⑱暝（明 míng）——薄暮时。这幅画大概是以春天的一个傍晚为时间背景。⑲沧浪——指水波缥缈。这里用来形容水色之清。青溟——碧海。⑳欹（七 qī）——倾斜。侧——旁，不在中央。秋毫末——秋毫之末，极言其细。指画笔工细。㉑湘妃——指舜的两个妃子娥皇和女英。传说舜死于苍梧后，二妃沿湘水痛哭，泪洒在竹子上，竹上尽是斑点，遂名湘妃竹，亦称斑竹。瑟（色 sè）——古代的一种弦乐器，像琴。鼓瑟，即弹瑟。这两句是写画中有斑竹，因而联想起湘妃的传说。㉒刘侯——即刘单。天机——天赋，灵性。㉓挥洒——指作画。亦莫比——也无人能比得上。㉔到——达到。聪明到，言其聪明达到很高的水平，即下句所云。㉕心孔——心窍，心眼。心孔开，心眼儿精灵。㉖貌得——画得。貌作动词用，有描绘、摹写意。㉗若耶溪——在浙江省绍兴市南若耶山下。溪水至清，照众山倒影，窥之如画。溪上有云门寺，风景幽美。这句是杜甫从山水画想到山水优美的浙东风景。㉘独——却。胡为——何为，为什么。泥滓——泥淖（闹 nào），犹言浊世。杜甫这时困守长安已有八九年。㉙青鞋布袜——指山林隐士的穿着打扮。从此始——从此去遨游山水。这两句是写作者被画中的景趣所感，不免动了退隐之想。但诗意仍在以自己之神往，反衬刘单山水画之神妙，并不是真的要脱离尘世。

醉 时 歌　赠广文馆博士郑虔

　　诸公衮衮登台省①，广文先生官独冷②。甲第纷纷厌梁肉③，广文先生饭不足。先生有道出羲皇④，先生有才过屈宋⑤。德尊一代常坎轲⑥，名垂万古知何用⑦！

　　杜陵野客人更嗤⑧，被褐短窄鬓如丝⑨。日籴太仓五升米⑩，时赴郑老同襟期⑪。得钱即相觅⑫，沽酒不复疑⑬。忘形到尔汝⑭，痛饮真吾师⑮。

　　清夜沉沉动春酌⑯，灯前细雨檐花落⑰。但觉高歌有鬼神⑱，焉知饿死填沟壑⑲？相如逸才亲涤器⑳，子云识字终投阁㉑。

　　先生早赋归去来㉒，石田茅屋荒苍苔㉓。儒术于我何有哉㉔，孔丘盗跖俱尘埃㉕。不须闻此意惨怆㉖，生前相遇且衔杯㉗！

　　【说明】 这首诗大概作于天宝十四载（755）春。郑虔是杜甫的好朋友。天宝九载（750）唐玄宗置广文馆，以郑虔为博士，实际上是个清冷的闲官，生活很清苦。杜甫这时因守长安已近十年，尚无一官半职，生活潦倒，与郑虔可谓同病相怜。这首诗就是通过描写两人穷愁潦倒的共同遭遇，抒发怀才不遇的抑郁不平之情的。全诗写得纵横跌宕，悲壮淋漓，难怪前人说是"满纸郁律纵荡之气"。

【解释】①衮衮（滚 gǔn）——众多。台省——台是御史台，省是中书省、尚书省和门下省。都是当时中央枢要机构。②广文先生——指郑虔。因郑是广文馆博士。冷——清冷，冷落。广文馆博士官非要职，位非肥缺，故曰"冷"。③甲第——汉代达官贵人住宅有甲乙次第，故曰甲第。厌——饱足。④出——超出。羲皇——指伏羲氏，是传说中我国古代理想化了的圣君。⑤屈宋——屈原和宋玉，是我国战国时期的著名诗人。⑥德尊——德高。坎轲——车行不利，颠倾之状。比喻人不得志。⑦知何用——有什么用。这句是愤激的话，并非真认为垂名无用。以上八句讲郑虔，深为抱不平。⑧杜陵野客——杜甫自谓。杜甫祖籍长安杜陵，他在长安时又曾在杜陵东南的少陵附近住过，所以自称"杜陵野客"，又称"少陵野老"。嗤——讥笑。⑨褐（贺 hè）——粗布衣，古时贱者所服。⑩籴（敌 dí）——买入米谷。日籴是天天买，见得无隔宿之粮。太仓——京师所设皇家粮仓。当时因久雨米贵，乃出太仓米十万石减价济贫，杜甫也以此为生。⑪时赴——经常去。郑老——郑虔要比杜甫大一二十岁，所以称他"郑老"。同襟期——谓彼此襟怀性情相同。⑫相觅——指杜甫去找郑虔。⑬不复疑——毫不迟疑。是说得钱就买酒，更不考虑其他生活问题。⑭忘形——不拘少长等形迹。尔汝——称名道姓、你来我去的毫无客套。⑮痛饮——拚命地喝酒。⑯沉沉——夜深静貌。酌——斟酒。⑰檐花——指檐前落下之雨水，灯光映射檐水闪烁如花，故曰檐花。这两句写春夜饮酒时情景。⑱但觉——只觉得。有鬼神——似有鬼神相助，即"诗成若有神""诗应有神助"的意思。⑲焉知——哪知，填沟壑（贺 hè）——指死于贫困，弃尸沟壑道路。这两句说，酒酣耳热，纵情高歌，自得其乐，哪管得将来饿死道路。⑳相如——司马相如，西汉著名辞赋家。逸才——才能出众。亲涤器——司马相如和妻子卓文君在成都开了一爿小酒店，文君当垆，相如亲自洗涤食器。㉑子云——扬雄的字。识字——扬雄能文，又能作奇字。投阁——王莽时，扬雄校书天禄阁，因别人牵连得罪，使者来收捕时，扬雄仓皇跳楼自杀，幸而没有摔死。㉒归去来——东晋陶渊明辞彭泽令归家时，曾赋《归去来辞》。㉓石田——沙石之田，即薄瘠的田。这两句是劝郑虔早些弃官归家。㉔何有——有什么用。㉕

孔丘——春秋时鲁国人，是儒家的代表人物，被后儒尊称为圣人。盗跖（直 zhí）——春秋时人，姓柳下，名跖，以盗为生，因被称为"盗跖"。这句是聊作自慰的解嘲之语，说无论是圣贤或不肖，最后都难免要一样化为尘埃。㉖不须——不要，不必。闻此——指上述"俱尘埃"句。惨怆——沮丧。㉗衔杯——喝酒。

自京赴奉先县咏怀五百字

　　杜陵有布衣①，老大意转拙②。许身一何愚③，窃比稷与契④！居然成濩落⑤，白首甘契阔⑥。盖棺事则已，此志常觊豁⑦。穷年忧黎元⑧，叹息肠内热⑨。取笑同学翁⑩，浩歌弥激烈⑪。非无江海志⑫，萧洒送日月⑬。生逢尧舜君⑭，不忍便永诀⑮。当今廊庙具，构厦岂云缺？葵藿倾太阳，物性固莫夺⑯。顾惟蝼蚁辈⑰，但自求其穴。胡为慕大鲸⑱，辄拟偃溟渤⑲？以兹误生理⑳，独耻事干谒㉑。兀兀遂至今㉒，忍为尘埃没㉓！终愧巢与由㉔，未能易其节㉕。沉饮聊自遣㉖，放歌破愁绝㉗。

岁暮百草零，疾风高冈裂。天衢阴峥嵘㉘，客子中夜发㉙。霜严衣带断，指直不得结㉚。凌晨过骊山㉛，御榻在嵽嵲㉜。蚩尤塞寒空㉝，蹴踏崖谷滑㉞。瑶池气郁律㉟，羽林相摩戛㊱。君臣留欢娱，乐动殷胶葛㊲。赐浴皆长缨㊳，与宴非短褐㊴。彤庭所分帛㊵，本自寒女出。鞭挞其夫家㊶，聚敛贡城阙㊷。圣人筐篚恩㊸，实欲邦国活㊹。臣如忽至理㊺，君岂弃此物？多士盈朝廷㊻，仁者宜战栗㊼。况闻内金盘㊽，尽在卫霍室㊾。中堂舞神仙㊿，烟雾蒙玉质(51)。暖客貂鼠裘，悲管逐清瑟。劝客驼蹄羹，霜橙压香橘(52)。朱门酒肉臭，路有冻死骨！荣枯咫尺异(53)，惆怅难再述(54)！

北辕就泾渭(55)，官渡又改辙(56)。群冰从西下，极目高崒兀(57)。疑是崆峒来(58)，恐触天柱折(59)。河梁幸未坼(60)，枝撑声窸窣(61)。行李相攀援(62)，川广不可越。老妻寄异县(63)，十口隔风雪。谁能久不顾？庶往共饥渴(64)！入门闻号咷(65)，幼子饿已卒(66)。吾宁舍一哀(67)，里巷亦呜咽！所愧为人父，无食致夭折(68)！岂知秋禾登(69)，贫窭有仓卒(70)？生常免租税，名不隶征伐(71)。抚迹犹酸辛(72)，平人固骚屑(73)。默思失业徒(74)，因念远戍卒。忧端齐终南(75)，澒洞不可掇(76)！

【说明】这首诗是天宝十四载十一月，杜甫被授右卫率府胄曹参军不久，由长安往奉先县（今陕西省蒲城县）探望妻子时所作。这时安禄山已在范阳起兵反叛，只是消息还未传到长安。"安史之乱"是唐朝各种社会矛盾的总爆发，从此李唐王朝一蹶不振。杜甫在十年长安生活和这次的途中闻见中，以诗人特有的政治敏感，似乎已预感到国家的变乱已迫在眉睫，诗人的爱国、忧民、忠君、念家，以及自己的政治抱负不得施展等等思想情感，错综复杂地交织在一起，构成了这一博大浩瀚、沉郁顿挫的宏篇巨制。这首诗深刻地反映了当时尖锐化了的社会矛盾，"朱门酒肉臭，路有冻死骨"这一千古名句，形象地揭示出整个封建时代阶级对立的社会现实。诗歌反映了广大人民的苦难生活，大胆地揭露了执政集团的荒淫腐败，是杜甫"史诗"中的第一首长篇作品，在诗人创作上具有划时代的意义。

全诗可分为三段，从开始至"放歌破愁绝"，为第一段，叙述自己一贯的忧国忧民的志愿，咏的是过去的怀抱；从"岁暮百草零"至"惆怅难再述"，为第二段，叙述自京赴奉先县途中的所闻所见，咏的是当前的感怀；从"北辕就泾渭"至诗末，是第三段，叙述到家后的情景，咏的是将来的忧怀。而"穷年忧黎元"则是贯串全诗的中心。

这首五言长古，以抒情为主且夹叙夹议，起到了互相补充不断深化的效果。全诗通篇押入声韵，意境深沉，真挚感人。虽是古体，却用了不少对偶句子，形成散骈错落，增强了诗的节奏感。

【解释】①杜陵——地名，在长安城南，杜甫曾在此居住过。布衣——平民。杜甫自称"杜陵布衣"。此时杜甫虽任右卫率府胄曹参军这一八品小官，仍自称布衣，意在区别于权贵。②老大——这时杜甫已四十四岁。意——情趣、志向。拙——笨拙。这句即如俗话所说："越活越回去了。"这是一句反话，其本意是年龄越大，越坚持理想，而不屈志随俗。同时亦兼有年华老大，功业无成的感慨。③许身——自期、自许。一何——犹言"多么""何等"。④窃——自己的谦称。稷（记 jì）与契（谢 xiè）——传说中的帝舜的两个大臣，稷是周代祖先，教百姓种植五谷；契是殷代祖先，掌管文化教育。⑤居然——竟然。濩（货 huò）落——即廓落，大而无用的意思。⑥契（怯 qiè）阔——辛勤劳苦。这句说，虽然年纪大了，但仍然孜孜不倦地努力。⑦盖棺——指死亡。觊豁（记货 jì huò）——希望达到。这两句说，死了就算了，只要活着就总希望实现自己的理想。⑧穷年——终年。黎元——百姓。⑨肠内热——内心焦急，忧心如焚。⑩翁——对人的尊称，在这里实含讥讽。⑪弥——更加、越发。这两句说，别人越笑我，我的信念越坚决。⑫江海志——放浪江湖，避世隐居的打算。⑬萧洒——形容自由自在的样子。送日月——消遣时日。⑭尧舜君——这里比唐玄宗。玄宗初期励精图治，表现有为，曾出现过"开元之治"。⑮永诀——长别，指隐居山林。⑯以上四句说，当前朝廷（廊庙）人才济济都是栋梁之材，构造大厦难道就缺少我吗？但我的忠君爱国出于天性，就像葵花向阳一样，是不可改变的。⑰顾惟——犹言转头一想。蝼蚁辈——比喻那些自私自利钻营利禄的人。⑱胡为——为何？大鲸——诗人自比。应前"窃比稷与契"。⑲偃（眼yǎn）——卧游。溟（明míng）渤——大海。⑳这句说因此耽误了自己的生计。㉑干谒（夜yè）——求见权贵，谋取仕进。㉒兀兀——穷困劳碌的样子。㉓这句是反问语气，正是说不能安心忍受。㉔巢是巢父，由是许由，都是尧时的隐士。杜甫不肯学他们的清高隐居，所以说"终愧"。其实并不是真的感到惭愧。㉕节——节操、志向。易其节，指改变自己的志向。㉖沉饮——痛饮。聊——权且。自遣——自我排遣。㉗放歌——放声高歌。愁绝——极度的忧愁。㉘天衢（渠qú）——天空。峥嵘——原是形容山高，这里用来形容阴云密布。㉙客子——杜甫自谓。中夜——半夜。㉚这句说，手指冻得僵直，没法系结断了的腰带。㉛骊（离lí）山——东距长安六十里，在今陕西省临潼县南。骊山有温泉，每年十月，唐玄宗带着杨贵妃及其姊妹来此避寒，寻欢作乐。㉜御榻——

皇帝用的床，这里用来代指皇帝。嶻嶭（迭聂 dié niè）——形容山之高峻，这里即指骊山。㉝蚩（吃 chī）尤——传说中黄帝时的诸侯。黄帝与蚩尤作战，蚩尤作大雾以迷惑对方。这里以蚩尤代指雾。㉞蹴（促 cù）踏——谨慎小心地行走。㉟瑶池——传说中西王母与周穆王宴会的地方。这里指骊山的温泉。气郁律——温泉热气蒸腾的样子。㊱羽林——皇帝的禁卫军。摩戛（颊 jiá）——武器相撞击。㊲殷——状声词，雷声。胶葛——山石高峻貌。这句指乐声震动山冈。㊳长缨——指权贵。缨，帽带。㊴短褐（贺 hè）——粗布短袄。这里指平民。㊵彤庭——朝廷。㊶鞭挞（蹋 tà）——鞭打。㊷聚敛——搜括。城阙——京城。这里指朝廷。㊸圣人——指皇帝。筐篚（匪 fěi）——盛物的竹器。古代皇帝以筐、篚盛币帛赏赐群臣。㊹邦国活——指使国家政治清明，百姓安乐。㊺忽——忽视、忘掉。至理——最根本的道理。㊻多士——众多的官员，即指百官。盈——充满。㊼战栗（力 lì）——惊惧、惶恐。这两句意思说，朝中的大臣们，当受到皇帝恩赏时，如果有良心的话，应当感到惶恐不安，尽心为国。㊽内——天子宫禁，也称大内。内金盘——宫中皇帝御用的金盘。㊾卫霍——指卫青、霍去病，都是汉武帝时的外戚。这里隐喻杨贵妃的从兄、权臣杨国忠。㊿中堂——指杨氏家族的庭堂。神仙——指美女。51烟雾——

形容贵妇人的衣裙薄如云雾。玉质——形容美人的肌肤。㊾以上四句是用扇对法，即隔句对仗，极写贵族生活的豪华奢侈，以便为下文"路有冻死骨"做强烈的对照。㊿荣——本指开着的花，此喻朱门的豪华生活。枯——干死的草木，此指路上的冻死骨。咫（纸 zhǐ）——古代八寸为咫，喻距离很近。只隔一道墙，而一荣一枯形成两个截然不同的世界。所以说"咫尺异"。㊼惆怅（绸唱 chóu chàng）——感慨、难过。㊽北辕——车向北走。杜甫自长安至蒲城，沿渭水东走，再折向北行。就——就近，指向。泾渭——二水名，在陕西省临潼县合流。㊾官渡——官设的渡口。指泾渭二水的渡口。改辙——改道。㊿极目——放眼望去。崒（促 cù）兀——原是形容山的峻险，这里形容望中所见西下的河冰。㊽崆峒（空同 kōng tóng）——山名，在甘肃省岷县。泾渭二水皆从陇西而下，故疑自崆峒来。㊾天柱——古代神话说，在天的四角都有柱子支撑，叫天柱。这里隐喻国家，表示诗人对国家前途命运的担心。⑥河梁——河桥。坼（彻 chè）——分裂，折断。㊶枝撑——桥的支柱。窸窣（西苏 xī sū）——象声词，木桥颤动的声音。㊷行李——过往的行人。相攀援——相互攀扶牵引。㊸寄——寄居。异县——指奉先县。㊹庶——庶几，表意愿。㊺号啕（桃 táo）——放声大哭。㊻辛——死亡。㊼宁——岂能、哪能。连下句意思是：我哪能不难过呢？连邻居都伤心得哭了。⑱天折——年幼而死。⑲登——谷物收获。⑳贫窭（巨 jù）——贫穷。仓卒（促 cù）——同仓猝，难以克服的困难。这里指幼子的饿死。㉑这两句说：自己出身于仕宦之家，因此享受免缴租税和免服兵役的待遇，尚且有如此的悲惨遭遇，平民百姓更可想而知了。㉒抚——循，追思。迹——事件。即指幼子天折之事。㉓平人——平民百姓。骚屑——本指风吹树木的声响，这里表示动乱不安。㉔失业徒——失掉产业土地的人。㉕忧端——忧愁的涯际。终南——山名，在长安之南，为秦岭山脉的主峰。这句说，涌上心来的忧思烦虑，堆积得像终南山一样高。㉖澒（讧 hòng）洞——水势浩大渺无边际的样子。掇（多 duō）——收拾。这句形容忧思无穷。

后出塞五首 (录二)

其一①

男儿生世间，及壮当封侯②。战伐有功业，焉能守旧丘③？召募赴蓟门④，军动不可留。千金买马鞭，百金装刀头⑤。闾里送我行⑥，亲戚拥道周⑦。斑白居上列⑧，酒酣进庶羞⑨。少年别有赠，含笑看吴钩⑩。

【说明】这一组诗当作于天宝十四载（755）冬，安禄山反叛之初。通过一个应募出征，后又脱身归来的士兵的自述，揭露了安禄山的反叛形迹。并指出，唐玄宗的好大喜功，过宠边将，养虎贻患，是酿成安禄山反叛的原因，以及叛乱将给国家带来的巨大灾难。希望唐玄宗快快清醒过来。表达了诗人对国家命运的关心和忧虑。组诗共五首，今选其中两首。

【解释】①这一首是写当初应募从军和亲朋告别的场面。②及——当、趁着。③焉能——哪能。旧丘——指故园、老家。④召募——应召从军。蓟（记 jì）门——故址在今北京一带，当时属渔阳节度使安禄山管辖。这句点明出塞的地点。⑤装——装饰。这两句模仿《木兰诗》的"东市买骏马，西市买鞍鞯"的句法，夸赞武器的精美。⑥闾里——街坊邻居。⑦道周——路旁。⑧斑白——指头发花白的老人。居上列——即坐于上位。⑨庶羞——丰美的菜肴。⑩吴钩——春秋时吴王阖闾所作之刀，后来通用为宝刀名。这两句意思是，少年友人以宝刀相赠，暗合自己"封侯"的宏愿，所以"含笑"细细把玩。

其二

朝进东门营①，暮上河阳桥②。落日照大旗，马鸣风萧萧③。平沙列万幕④，部伍各见招⑤。中天悬明月，令严夜寂寥⑥。悲笳数声动，壮士惨不骄⑦。借问大将谁? 恐是霍嫖姚⑧。

【解释】①这一首是写行军和宿营时的肃穆悲壮的景象。东门营——洛阳东面门有"上东门"，军营设在那里。由洛阳往蓟门，须出东门。这里点出征兵的地方。②河阳桥——在河南省孟津县，是当时黄河上的一座浮桥，由洛阳渡河通往河北的要津。③大旗——主帅所用的大红旗。萧萧——风声。这两句是杜诗名句，写残阳映照军旗，萧萧劲风伴着战马嘶鸣，军容十分威武雄壮。④平沙——这里指一望无际的茫茫旷野。幕——帐幕。⑤部伍——军队的编组。各见招——指按指定编组列阵宿营。⑥令——军令。这两句说，军令森严，万幕无声，只见天空中明月高悬，愈显得寂寥宁静。⑦笳——北方乐器，古时军中作为静营的号令。其声悲越，所以称"悲笳"。这两句说，军令既严，笳声复悲，故壮士惨然不乐。⑧大将——指统军之将。霍嫖姚——指汉朝名将霍去病，曾任嫖姚校尉，后率大军出塞击匈奴，追奔逐北数千里而归。此处极言主帅英武善于统兵。

月　夜

今夜鄜州月，闺中只独看①。遥怜小儿女，未解忆长安②。香雾云鬟湿，清辉玉臂寒③。何时倚虚幌④，双照泪痕干⑤？

【说明】 天宝十五载（756）春，安禄山由洛阳攻潼关。五月，杜甫挈家眷离开奉先，先到白水（今陕西白水县）他舅父处。六月，长安陷落，叛军入白水，杜甫携家逃往鄜（夫 fū）州（今陕西省富县）的羌村。八月，听到肃宗在灵武（今宁夏灵武县）即位的消息，即从鄜州只身奔向灵武，不料途中被安史叛军所俘，押回长安。这首诗即是杜甫困居于沦陷中的长安时所作，反映了在离乱中对妻子家小的深切怀念。情深意真，明白如话，丝毫不见为律诗束缚的痕迹。

【解释】 ①闺（归 guī）——古代称女子的卧室为闺。当时杜甫的家属在鄜州。这两句，诗人不直说自己对妻子的思念，而是借助想象，反写妻子在鄜州对月独看的情景，来衬出自己的思家之情。②这两句是说，幼小的儿女既不懂得想念他们远羁长安的爸爸，也不懂得母亲看月怀人的心情，他的夫人只能独看、独忆。③这两句进一步想象妻子独自看月孤独凄清的情景。夜雾本无香，香从云鬟中散出，清澈的月光，照得人体生寒。湿、寒二字，写出夜深而不能入寐的光景。④虚幌——透明的窗幔。⑤"双照"与上面的"独看"互相照应。这两句表示对未来团聚的期望。什么时候才能双双在窗前一同看月，让月光照干我们的泪痕呢？干字深刻。见得将来即使团聚，也必然是泪流不止的。

悲　陈　陶

孟冬十郡良家子①，血作陈陶泽中水②！野旷天清无战声，四万义军同日死③！群胡归来血洗箭④，仍唱胡歌饮都市⑤。都人回面向北啼⑥，日夜更望官军至。

【说明】这首诗是至德元载（756）冬，杜甫身陷长安时所作。这年十月，宰相房琯（管 guǎn）自请统兵收复京都。未几，大败于咸阳县的陈陶斜，死伤四万余人。此诗即是记叙这一战役的。

【解释】①孟冬——旧历十月，点明战役的时间。十郡——指陕西地区，点出义军的籍贯。②陈陶泽——即陈陶，又称陈陶斜，在今陕西省咸阳市东。这句写官军将士死伤之惨重。③义军——官军，杜甫认为他们为国而牺牲，故称义军。这两句记叙官军于仓卒之间未经战斗即全军覆没的情况。④群胡——指安史叛军。血洗箭——指箭上沾满了血，就像用血洗过一样。这里的"箭"，可指代各种兵器。⑤都市——指京都长安市上。这两句写敌人的趾高气扬，得意忘形。⑥都人——长安人民。这时唐肃宗驻守灵武，在长安之北，故向北而啼。最后两句写人民对官军的深切盼望。

春　　望

国破山河在①，城春草木深②。感时花溅泪③，恨别鸟惊心④。烽火连三月⑤，家书抵万金⑥。白头搔更短，浑欲不胜簪⑦。

【说明】这首诗是至德二载（757）三月所作。杜甫仍陷身于安史叛军占据的长安，诗人眼见山河依旧而国破家亡，春回大地却满城荒凉，触景生情，引起无限的感慨与伤怀。

【解释】①山河在——意思是山河依旧，而人事已非。②草木深——形容宫殿园苑和居民住宅荒芜之状。③时——指时事、时局。溅——洒。这句是说，因感伤时事，平时娱人的花朵，反而使人伤心掉泪。④这句意思是，因与家人久别，消息断绝，凶吉未卜，听到平时悦耳的鸟鸣声也感到心惊肉跳。⑤三月——指季春三月。连三月，连逢两个三月，是说平叛的战争从去年一直打到现在。⑥抵——抵当。抵万金，极言家信的难得可贵。⑦浑欲——简直要。这两句意思是，头上白发本来稀疏，因忧思不断搔挠，就更少了，简直连发簪也别不住了。其时，杜甫仅四十六岁，过于忧虑而未老先衰。

哀　江　头

少陵野老吞声哭①，春日潜行曲江曲②。江头宫殿锁千门③，细柳新蒲为谁绿④？忆昔霓旌下南苑⑤，苑中万物生颜色⑥。昭阳殿里第一人⑦，同辇随君侍君侧⑧。辇前才人带弓箭⑨，白马嚼啮黄金勒⑩。翻身向天仰射云⑪，一笑正坠双飞翼⑫。明眸皓齿今何在⑬？血污游魂归不得⑭，清渭东流剑阁深⑮，去住彼此无消息⑯。人生有情泪沾臆⑰，江草江花岂终极⑱！黄昏胡骑尘满城⑲，欲往城南望城北⑳。

【说明】这首诗作于至德二载（757）春。江，这里指位于长安城南的曲江（现早已干涸）。曲江是当时贵族官僚以及仕女们游览的胜地，富丽繁华，盛极一时，在安史叛军的盘踞破坏下，变得千门紧闭，萧条冷落。诗人抚今追昔，痛感玄宗君臣行乐无度，以致酿成国破家亡的悲剧。

【解释】①少陵——汉宣帝许皇后的陵墓，在杜陵附近，杜甫曾在这里居住过，故自称"少陵野老"。吞声哭——把哭声往肚里咽，不敢哭出声来。②潜行——秘密地行走，因在叛军之中，怕惹起注意。曲江曲——曲江的隐曲角落处。③这句写曲江边的冷落，宫门紧闭，游人绝迹。④为谁绿——意思是国家破亡，草木无主，柳蒲还为谁而呈现绿色呢？⑤霓旌——云霓般的彩色旗帜，指天子之旗。南苑——指曲江东南的芙蓉苑。

⑥生颜色——即万物生辉的意思。⑦昭阳殿——汉代宫殿名。汉成帝皇后赵飞燕妹为昭仪，居住于此。唐人多以赵飞燕比杨贵妃。第一人——即最得宠的人。⑧辇（碾 niǎn）——皇帝乘坐的车子。古代君臣不同辇。此指贵妃恩宠逾常。⑨才人——宫中的女官。⑩啮（聂 niè）——咬。黄金勒——用黄金做的衔勒。⑪仰射云——这里指仰射云间飞鸟。⑫一笑——这里指杨贵妃。因为才人射中飞鸟，引起贵妃一笑。正坠双飞翼，也暗喻唐玄宗和杨贵妃的马嵬（维 wéi）驿之变。⑬明眸皓齿——指杨贵妃。眸（牟 móu）——眼中瞳仁。⑭这句指杨贵妃的下场。安史乱起，玄宗从长安出奔，准备入蜀，路经马嵬驿，禁卫军士逼迫玄宗缢杀了杨贵妃。⑮清渭——渭水清澄，故称清渭。流经马嵬驿，杨贵妃即葬于渭水之滨。剑阁——在今四川省剑阁县北，玄宗入蜀所经之地。⑯去住彼此——指玄宗、贵妃，一生一死，一去一住。⑰臆——胸膛。⑱终极——穷尽。这句说，花草无知，年年依旧，岂有穷尽。⑲胡骑——指叛军的骑兵。⑳欲往——将往。杜甫这时住在城南，天已黄昏，应回住处，故欲往城南。望城北——意思是望官军北来收复长安。当时肃宗在灵武，地处长安之北，故说望城北。

自京窜至凤翔喜达行在所三首①

其一

西忆岐阳信②，无人遂却回③。眼穿当落日④，心死著寒灰⑤。雾树行相引⑥，连山望忽开⑦。所亲惊老瘦⑧，辛苦贼中来⑨。

【说明】至德二载（757）二月，肃宗的朝廷已迁至凤翔（今陕西省凤翔县）。四月，杜甫冒险从长安逃出，奔至凤翔。五月十六日杜甫被授左拾遗。这三首诗，便是杜甫任职不久，忆昨抚今，痛定思痛之作。

【解释】①这是第一首，是从长安陷敌时的焦急绝望心情，写到逃奔凤翔的经过。行在——天子出行，临时的居所叫行在。②岐阳——指凤翔。凤翔在岐山之南，故称岐阳。凤翔位处长安之西，所以说西忆。西忆，即忆念西边。信——信使、消息。③遂却——即便，竟然。这句说：但竟然没有一个人从岐阳来。④眼穿——即望眼欲穿的意思。当落日——即对着落日处。凤翔在长安之西。⑤这句是说心都凉透了。以上两句仍写身陷贼中心情。⑥雾树——远树迷蒙，如在雾中。正因为是远树，人望树行，就像树做引导一样，此句写奔赴行在途中情景。⑦连山——这里指太白山和武功山，是将到凤翔时的标志。忽开，有豁然开朗，喜出望外的意思。⑧所亲——指杜甫亲近的人。惊老瘦——为杜甫衰老瘦弱的变化而感到惊讶。⑨这句是"所亲"对杜甫的慰问解释之词。贼，指安史叛军。他们说，你是从叛贼盘踞着的长安好不容易逃出来的啊！

其二

愁思胡笳夕①，凄凉汉苑春②。生还今日事③，间道暂时人④。司隶章初睹，南阳气已新⑤。喜心翻倒极⑥，呜咽泪沾巾⑦。

【解释】①第二首是从回顾沦陷长安的凄凉，逃归途中的危险，写至到达凤翔后的喜悦兴奋之情。胡笳——北方胡人吹的一种乐器，其音悲凉。这句意思是，回忆在长安时夜晚胡笳悲鸣，感到愁思万端。②苑——古代帝王的园林。汉苑是以汉比唐，如曲江、南苑等地。③生还——指回到凤翔。这句意思是，活着回来这只是今天的事情，昨天还不能预料，因为随时有死去的可能。④间道——小道。间读去声。暂时人——也是指逃奔途中生死难卜。⑤这两句是借古喻今，以汉光武刘秀的故事，比喻和颂扬唐肃宗的致力中兴。司隶——即司隶校尉，汉代官名。刘秀称帝前曾任此职，他重整纲纪，恢复西汉王朝的规章制度，使当时的政治出现了新的气象。章——典章制度。初睹——开始看到。南阳——刘秀的原籍和起兵处。传说，望气者（古代方士）曾到南阳，遥望刘秀住处有郁郁葱葱的佳气。这当然是古人的迷信说法。这里也隐喻唐肃宗所在的凤翔已有新的气象。⑥翻倒——指翻喜为悲。因看到中兴有望，故喜极而感泣。⑦呜咽——悲泣之声。沾巾——泪水沾湿了佩巾。

其三

死去凭谁报①，归来始自怜②！犹瞻太白雪，喜遇武功天③。影静千官里④，心苏七校前⑤。今朝汉社稷⑥，新数中兴年⑦。

【解释】①第三首从喜达凤翔后的喜悦心情，写到对唐王朝中兴的渴望。凭谁报——是说如果在间道逃亡中死去，也无人报信。②这句是说，当时对生死已无暇顾及，回到凤翔，脱险以后，才感到自身的存在而怜惜同情自己。③犹瞻——居然还能看到的意思。太白、武功，皆山名，在凤翔附近。太白山最高峰海拔三千七百余米，终年积雪。这两句兼以太白之雪、武功之天，喻比唐王朝，意思是来到凤翔，才有一种复见天日的感觉。④影——身影，引申为自身。千官，犹百官，这里指众多的文官。⑤苏——苏醒、苏活。七校——指武卫，汉武帝曾置七校尉。这里指众多的武官。这两句的意思是，国家兴复有望，诗人自己又身列朝班之中，于是有一种安全和充满希望的心情。⑥汉——这里代指唐朝。社稷——国家。⑦新——重新开始。中兴——指国家经中衰之后的再度复兴。

述　怀　自贼中窜归凤翔作

去年潼关破，妻子隔绝久①。今夏草木长②，脱身得西走③。麻鞋见天子，衣袖露两肘④。朝廷愍生还⑤，亲故伤老丑⑥。涕泪授拾遗⑦，流离主恩厚⑧。柴门虽得去⑨，未忍即开口⑩。寄书问三川⑪，不知家在否？比闻

同罹祸^⑫，杀戮到鸡狗。山中漏茅屋，谁复依户牖^⑬？摧
颓苍松根^⑭，地冷骨未朽。几人全性命？尽室岂相偶^⑮？
嵚岑猛虎场^⑯，郁结回我首^⑰。自寄一封书，今已十月
后^⑱。反畏消息来，寸心亦何有^⑲？汉运初中兴^⑳，生平
老耽酒^㉑。沉思欢会处^㉒，恐作穷独叟^㉓。

【说明】至德二载（757）四月，杜甫逃离长安，奔至凤
翔，被授左拾遗。这时虽国事未安，但惊魂稍定，遂念及分别
近一年的家室，于是写下这一首诗。当时战乱尚未平息，消息
断绝，远在鄜州的家小生死未卜，诗人听到叛军在三川进行残
酷屠杀的消息，对家属表达了深切的惦念。

【解释】①从至德元载（756）六月，潼关失守，长安沦
陷，杜甫被俘陷敌之后，和妻子断绝音信，至此将近一年，所
以说"隔绝久"。②杜甫逃离长安正当孟夏四月，草木茂密，也
便于隐蔽。③凤翔在长安之西，故说"西走"。④这两句是纪
实，可见一路上奔走流离的苦难状况。⑤愍（敏 mǐn）——怜
惜。⑥亲故——亲友故人。伤老丑——杜甫自言因陷贼受苦而
愈加显得老丑，使亲友为之感伤。⑦拾遗——至德二载五月十
六日，唐肃宗任杜甫为左拾遗。这是一个从八品的小官，但因

系谏官，能常在皇帝左右。⑧这句说，因在流离之中被授官职，益觉主上恩德之厚。⑨柴门——这里指杜甫寄居在鄜州的家室。得去——即可以允许告假回去的意思。⑩这句意思是，自己新任官职，国难当头之际，不好开口提出探亲省家的要求。⑪三川——唐代鄜州南面有三川县，当时杜甫家室寄居在此。⑫比闻——近闻。罹（离 lí）——遭受。这句是当时误传杜甫家属已经罹难。以下是想象猜测之词。⑬牖（有 yǒu）——窗户。这两句是说，山中破漏的茅屋中，不知还有谁依傍着门户？意即家人恐已遇害。⑭摧颓——指松柏被砍伐倒在地上的样子。⑮尽室——全家。偶——团聚。这两句是说，这年头有几人能保全性命？全家人团聚更谈何容易。⑯嶔岑（钦涔 qīn cén）——山高峻貌。猛虎场——指贼寇盘踞施行残虐的地方。⑰郁结——悲愤痛苦。回我首——引领想望。⑱十月后——十个月之后。⑲这两句表达心情矛盾，一方面盼望家中消息，一方面又怕家中消息。消息不来还有个盼头，如果坏消息一旦传来，就永远绝望了。⑳汉运——即唐运。唐人多用汉比拟唐。初中兴——开始中兴。这是杜甫对唐肃宗的赞颂和期望。㉑耽酒——即嗜酒。㉒沉思——深思，指沉浸在想象中。欢会处——指想象中将来与家人欢聚的时刻。㉓穷独叟——穷困孤独的老人。

羌村三首

其一

峥嵘赤云西^①，日脚下平地^②。柴门鸟雀噪，归客千里至^③。妻孥怪我在^④，惊定还拭泪^⑤。世乱遭飘荡，生还偶然遂^⑥。邻人满墙头^⑦，感叹亦歔欷^⑧。夜阑更秉烛^⑨，相对如梦寐^⑩。

【说明】 至德二载（757）五月，杜甫任职左拾遗的当月，房琯因罪罢相，身在谏官的杜甫，上书为之辩护援救，结果触怒了肃宗，经宰相张镐等说情，才没有问罪，但从此肃宗便讨厌了杜甫。这年八月，肃宗放他回鄜州去探望家小，实际上是不愿让杜甫留在身边。这一诗组便是回家以后写成的。羌村，在鄜州城西北，杜甫家室当时就寄居在这里。其旧址在今陕西省富县岔口乡大申号村。

【解释】 ①第一首写初到家时的惊喜情景。峥嵘——山高峻貌，这里形容云峰。云为西方落日所映红，故称赤云。②日脚——即太阳，古人不知地球在转，以为太阳在走，故有"日脚"的说法。这两句是未到家时的远望。③归客——杜甫自指。④妻孥（奴 nú）——妻子和儿子。怪我在——发现我还活着而惊愕。⑤这句是说，惊魂既定，方信是真，一时悲喜交集，不觉流下泪来。⑥生还——活着回来。遂——如愿以偿。⑦院墙甚低，人在墙外边可以看到院内，故说"邻人满墙头"。⑧歔欷（虚希 xū xī）——悲泣声。⑨夜阑——夜深。秉烛——燃烛。⑩梦寐——梦中。

其二

晚岁迫偷生①，还家少欢趣②。娇儿不离膝，畏我复却去③。忆昔好追凉④，故绕池边树。萧萧北风劲⑤，抚事煎百虑⑥。赖知禾黍收⑦，已觉糟床注⑧。如今足斟酌⑨，且用慰迟暮⑩。

【解释】第二首写到家以后的复杂矛盾心情。①晚岁——老年。迫——被迫，指奉诏回家探亲，不是自己的本意。偷生——杜甫关心国家大事，今叛乱未平，故以还家为偷生。

②这句意思是，全家团聚本为乐事，但诗人此时心忧国事，因此少有欢趣。③这句是上一下四的句法，在"畏"字读断。意思是，孩子们怕爸爸回家不几天就又要走。却——即也。④忆昔——指头年六、七月间。杜甫于至德元年六月，携家来鄜州，八月杜甫只身奔灵武。好追凉——喜欢乘凉。⑤萧萧——风声，兼写落叶。杜甫于闰八月到鄜州，西北早寒，故有此景象。⑥抚——抚念。"事"在这里包容甚广，从家事到国事，从过去到将来，千忧百虑，心如汤煮。⑦赖——幸亏。⑧糟床——即酒醡，造酒的器具。注——流下，指酒。⑨斟酌——往杯中倒酒。足斟酌，意思是有够喝的酒。⑩且——姑且，权且。迟暮——晚年。这句意思是，现在既有足够的酒，就可以暂时忘却晚年的一切烦恼了。

其三

群鸡正乱叫，客至鸡斗争。驱鸡上树木①，始闻扣柴荆②。父老四五人，问我久远行③。手中各有携，倾榼浊复清④。苦辞"酒味薄⑤，黍地无人耕。兵革既未息⑥，儿童尽东征⑦"。"请为父老歌⑧，艰难愧深情⑨！"歌罢仰天叹，四座泪纵横⑩。

【解释】第三首写邻人携酒慰问。①"驱鸡上树木"，鸡栖于树上是当时当地的养鸡习惯。②扣——敲打。柴荆——柴门。③问——慰问，即带着礼物去慰问人。远行——远别回来。④榼（科 kē）——酒器。倾——倒。浊、清，指有浊酒，也有清酒。⑤苦辞——再三地说，觉得很抱歉似的，写出父老们的深情淳厚。⑥兵革——指战争。⑦儿童——当时唐朝因兵源不足，征调未成年的儿童东征叛军。⑧请——谦辞，请为，请允许我为……的意思。⑨愧深情——是说父老们的深情厚意，使自己感到惭愧。⑩四座——指在座的人。

北　　征 归至凤翔，墨制放往鄜州作

皇帝二载秋①，闰八月初吉②。杜子将北征③，苍茫问家室④。维时遭艰虞⑤，朝野无暇日⑥。顾惭恩私被⑦，诏许归蓬荜⑧。拜辞诣阙下⑨，怵惕久未出⑩。虽乏谏诤姿⑪，恐君有遗失⑫。君诚中兴主⑬，经纬固密勿⑭。东胡反未已⑮，臣甫愤所切⑯。挥涕恋行在⑰，道途犹恍惚⑱。

乾坤含疮痍⑲，忧虞何时毕⑳？

靡靡逾阡陌㉑，人烟眇萧瑟㉒。所遇多被伤㉓，呻吟更流血㉔。回首凤翔县，旌旗晚明灭㉕。前登寒山重㉖，屡得饮马窟㉗。邠郊入地底㉘，泾水中荡潏㉙。猛虎立我前㉚，苍崖吼时裂㉛。菊垂今秋花，石戴古车辙㉜。青云动高兴㉝，幽事亦可悦㉞。山果多琐细㉟，罗生杂橡栗㊱。或红如丹砂，或黑如点漆㊲。雨露之所濡㊳，甘苦齐结实㊴。缅思桃源内㊵，益叹身世拙㊶！坡陀望鄜畤㊷，岩谷互出没㊸。我行已水滨，我仆犹木末㊹。鸱鸮鸣黄桑㊺，野鼠拱乱穴㊻。夜深经战场，寒月照白骨。潼关百万师，往者散何卒㊼？遂令半秦民㊽，残害为异物㊾。

况我堕胡尘㊿，及归尽华发(51)。经年至茅屋(52)，妻子衣百结(53)。恸哭松声回(54)，悲泉共幽咽(55)。平生所娇儿，颜色白胜雪(56)。见耶背面啼(57)，垢腻脚不袜(58)。床前两小女，补绽才过膝(59)。海图坼波涛(60)，旧绣移曲折(61)。天吴及紫凤(62)，颠倒在短褐(63)。老夫情怀恶(64)，呕泄卧数日(65)。那无囊中帛(66)，救汝寒凛栗(67)。粉黛亦解包(68)，衾裯稍罗列(69)。瘦妻面复光(70)，痴女头自栉(71)。学母无不为，晓妆随手抹(72)。移时施朱铅(73)，狼藉画眉阔(74)。生还对童稚，似欲忘饥渴[75]。问事竞挽须[76]，谁能即嗔喝[77]？翻思在贼愁[78]，甘受杂乱聒[79]。新归且慰意，生理焉得说[80]？

至尊尚蒙尘[81]，几日休练卒[82]？仰观天色改，坐觉妖氛豁[83]。阴风西北来，惨淡随回纥[84]。其王愿助顺[85]，其俗善驰突[86]。送兵五千人，驱马一万匹[87]。此辈少为贵[88]，四方服勇决[89]。所用皆鹰腾[90]，破敌过箭疾[91]。圣心颇虚伫[92]，时议气欲夺[93]。伊洛指掌收[94]，西京不足拔[95]。官军请深入，蓄锐可俱发[96]。此举开青徐[97]，旋瞻略恒碣[98]。昊天积霜露[99]，正气有肃杀[100]。祸转亡胡岁[101]，势成擒胡月[102]。胡命其能久？皇纲未宜绝[103]！

忆昨狼狈初[104]，事与古先别[105]：奸臣竟菹醢[106]，同恶随荡析[107]。不闻夏殷衰[108]，中自诛褒妲[109]。周汉获再兴[110]，宣光果明哲[111]。桓桓陈将军[112]，仗钺奋忠烈[113]。微尔人尽非[114]，于今国犹活[115]。凄凉大同殿[116]，寂寞白兽闼[117]。都人望翠华[118]，佳气向金阙[119]。园陵固有神[120]，洒扫数不缺[121]。煌煌太宗业[122]，树立甚宏达[123]！

【说明】这首长诗也是至德二载（757）秋天，杜甫由墨制放回鄜州以后写的。墨制，是用墨笔书写的诏敕，亦称墨敕。

从凤翔去鄜州，要往东北方向走，所以叫作《北征》。全诗以归途中和回家后的亲身见闻作题材，以陈述时事为主，并从中表明诗人的见解。杜甫这时是一个谏官，肃宗虽然拒不接受他的规谏，但他仍然以诗代替谏草，表达他对政局的见解。在诗中诗人把国家大事与个人遭遇紧密结合，极为广泛而深刻地反映了当时的社会现实，表现了诗人强烈的爱国忧民的感情。全诗共七百字，是杜甫五言古体中最长也是最有名的巨制。可分五大段：第一段写奉诏探亲，动身之前的复杂矛盾心情。第二段写归家途中的见闻及感受。第三段写到家以后的情况。第四段，纵论时政，分析形势，对借兵回纥，表示忧虑。第五段，是全诗总结，激励肃宗继承先业，重新振兴唐王朝。

在表现手法上则是夹叙夹议，情思描写细腻。充分体现了杜诗博大浩瀚、沉郁顿挫的风格。

【解释】①皇帝二载——即唐肃宗至德二载（757）。②初吉——朔日，即初一。诗一开始就抬出皇帝，并写明年、月、日，这是表示郑重和严肃。③杜子——杜甫自称。④苍茫——指战乱纷扰，不知家中情况。问——探望。⑤维——发语词。维时，即这个时候。艰虞——艰难忧患。⑥朝野——指在朝做官和在野的百姓。也即全国上下的意思。暇日——空闲的日子。⑦恩私被——皇恩独加到个人身上，所以自顾惭愧。⑧蓬荜

（毕 bì）——指柴草，蓬门荜户，形容穷人住的房子，这里指杜甫在鄜州的家。⑨诣（意 yì）——赴、到。阙下——指朝廷。⑩怵惕（处替 chù tì）——惶恐不安。⑪谏诤（证 zhèng）——封建时代臣下对君上的直言规劝。姿——姿态，风度。杜甫就任的左拾遗，职属谏官，谏诤是他的职守。这句是谦辞，意思是说，我虽然是个不称职的谏官。⑫遗失——遗漏、失误。⑬诚——实在。中兴——国家衰败以后重新复兴。⑭经纬——织布时的纵线叫经，横线叫纬。这里用如动词，比喻有条不紊地处理国家大事。固——本来。密勿——谨慎周到。肃宗即位后，措施多不当，杜甫这里是故作违心之论。⑮东胡——指安史叛军。已——结束。⑯臣甫——这是诗人对皇帝的自我称谓，有时在诗文中也用以自称。愤所切——极其愤恨的事。⑰行在——皇帝在外临时居住的处所。当时肃宗在凤翔。⑱恍惚——心神不安。⑲乾坤——天地，这里指人世间。含——含有。疮痍（夷 yí）——创伤。指战争的破坏摧残。⑳忧虞——忧虑。毕——完了。㉑靡靡（米 mǐ）——行步迟缓。逾——越过。阡陌——田间小道。㉒眇（秒 miǎo）——稀少。萧瑟——萧条冷落。㉓被——受。㉔呻吟——痛苦时的低哼声。㉕这句是说，旌旗飘动，傍晚阳光斜照，忽明忽暗。㉖寒山——秋山。重（虫 chóng）——重叠。㉗屡得——多次碰到。饮（印 yìn）

马窟——行军饮马的水洼。说明到处是战争景象。㉘邠（宾bīn）——邠州，今陕西省彬县。郊——郊原，即平原。杜甫在山上，故见邠郊如在地底。㉙荡潏（预 yù）——水流动的样子。泾水在邠郊流过。㉚猛虎句——是说山上怪石，状如猛虎，不是写实。李白诗："石惊虎伏起。"又薛能诗："鸟径恶时应立虎。"也是以虎状石的。㉛这句要和上句合看，是一种浪漫主义的写法。苏轼《石钟山记》："大石侧立千尺，如猛兽奇鬼，森然欲搏人。"可以帮助我们理解这两句诗。㉜戴——指石上留印着。古车辙——古时的车印。㉝青云——指高空。诗人在高山上引起很大的兴致。㉞幽事——指山中幽静的自然景物。亦可悦——也使人感到喜悦。㉟琐细——细小。㊱罗生——罗列丛生。橡栗——即橡树的果实，似栗而小。㊲或——不定指代词，有的，有些。丹砂——朱砂。点漆——形容黑而发亮的小山果。㊳濡（如 rú）——沾濡，滋润。㊴实——果实。㊵缅思——遥想。桃源——即东晋诗人陶渊明所描写的桃源，古人虚构的理想社会。㊶拙——笨拙，指不长于处世行事。这是愤慨的话。㊷坡陀（驼 tuó）——山岗起伏不平。鄜畤（志zhì）——即鄜州。春秋时，秦文公在鄜地设祭坛祀神。畤——就是古时诸侯祀神的祭坛。鄜畤，是鄜州的别称。㊸这句是说，高岩和深谷交互出现隐没。㊹木末——树梢。这里指山上。这两句是说，杜甫归家心切，行走迅速，已到了山下水边，而仆人却落在后边的山上，远望像在树梢上一样。㊺鸱鸮（吃萧 chī xiāo）——猫头鹰。㊻拱（巩 gǒng）乱穴——指野鼠像人拱着手，立在乱穴间。㊼卒（促 cù）——仓猝。这里指的是，至德元年安禄山陷洛阳，哥舒翰率三十万大军据守潼关，杨国忠迫其匆促出战，结果全军覆没。这里说“百万”是一种夸大。㊽秦民——秦地的人民。陕西一带，古代属秦国地区。㊾为异物——化为异物，指死亡。㊿堕胡尘——指至德元载八月，杜甫被叛军所俘。(51)及归——等到回来。指至德二年四月，从长安逃归凤翔。华发——白发。杜甫头发早白，此处指头发在数月间为忧患变得全部白了。(52)杜甫至德元年七月离开解州，二载闰八月才回来，所以说“经年”。(53)妻子——妻子和子女。百结——打满补丁。(54)恸（痛 tòng）哭——放声大哭。这句是说，哭声与风吹松树声回旋在一起。(55)幽咽（业 yè）——抽泣声。这句说，泉水的呜咽声和人的哭声合在一起。(56)白胜雪——指皮肤白嫩。(57)耶——俗爷字。背面啼——孩子对久别的爸爸感到陌生。(58)垢腻（构逆 gòu nì）——指身上污脏。不袜——没有穿袜子。(59)补绽（站 zhàn）——补缀。才过膝——刚刚盖过膝盖，说明衣服破旧而短小。(60)坼（彻 chè）——裂开。海图、波涛——原来官服上的刺绣图案。(61)移曲折——指杜甫的妻子将家中的旧官服胡乱剪裁拼凑。⑥天吴——神话传说中虎身人面的水神。天吴、紫凤——也是官服上刺绣的花纹图案。⑥褐（贺 hè）——袄。⑥老夫——诗人自称。情怀恶——心情不好。⑥呕泄——吐泻。卧——病卧。⑥那无——怎么没有？意谓多少有一些。杜甫告假探亲，有一些禄入和赏赐，由其仆人担回。⑥凛栗——冻得发抖。⑥黛——古代女子画眉的黑粉。这句意思是，解开包有粉黛的包裹。⑥衾（钦 qīn）——被子。裯（愁 chóu）——床帐。稍——略。稍罗列，略微罗列摆出来。⑦面复光——脸上焕发出光彩。因为可以栉沐化妆了。⑦痴女——指不懂事的女孩子，这是爱怜的口气。栉（至 zhì）——梳头。⑦无不为——无所不为。晓妆——早晨梳妆。随手抹——信手涂抹。⑦移时——费了很长的时间。朱铅——红粉。⑦狼藉——杂乱，不整洁。画眉阔——唐代女子画眉，以阔为美。⑦似欲——简直要。⑦问事——指问这问那，诸如陷困长安、途中见闻等事。竞——争着。⑦嗔（琛 chēn）喝——生气地喝止，指孩子们争着扯爸爸的胡子。⑦翻思——回想起。⑦甘受——甘愿忍受。聒（锅 guō）——吵闹。⑧生理——生计，生活安排。叛乱未平，万方多难，休官回来，一家生计也未及安排。⑧至尊——封建时代对皇帝的称呼。这里指唐肃宗。蒙尘——指皇帝出奔在外，蒙受风尘之苦。⑧休练卒——停止练兵，意思是结束战争。⑧坐觉——顿觉。豁（或huò）——开朗、澄清。这两句是以天色的变化，象征时局有了好转。⑧回纥（河hé）——唐代西北部族名。当时唐肃宗向回纥借兵平息叛乱。惨淡——阴惨黯淡的样子。回纥族崇尚白色，衣冠族旗都是白色，所以用"惨淡"来形容他们。这里也有好战嗜杀的意思。⑧其王——指回纥王怀仁可汗。助顺——指帮助唐王朝。当时怀仁可汗遣其太子叶护率骑兵四千人助讨叛乱。⑧善驰突——长于骑射突击。⑧一兵两马，故有马一万匹。⑧少为贵——杜甫一开始就反对借回纥兵平乱，后来果然得不偿失。⑧服——佩服。勇决——骁勇果决。⑨鹰腾——如鹰之飞腾。形容回纥兵的勇猛迅捷。⑨过箭疾——超过飞箭的速度。形容回纥兵破敌的迅速。⑨圣心——指唐肃宗。虚伫（住zhù）——虚心期待。这里是说，唐肃宗一心期待回纥兵。⑨时议——指当时朝廷上下的议论。气欲夺——指对借兵事感到担心，但又不敢反对。⑨伊洛——二水名，都流经洛阳。这里代指东京洛阳。指掌收——指轻而易举地就可收复。⑨西京——长安。不足拔——不值一攻，一攻就下。⑨蓄锐——指官军的精锐。俱发——和回纥一起出击。⑨青徐——指青州、徐州，在今山东、苏北一带。⑨旋瞻——不久可以看到。略——攻取。恒碣——指恒山、碣石山，在今山西、河北一带。指安庆绪的老巢。⑨昊（号hào）天——古代指秋天为昊天。秋天主降霜露，有肃杀之气。此指唐朝的兵威。⑩这句指安史叛军即将被唐王朝的正气所消灭。⑩这句是说，灾祸已转向胡人。⑩这句是说，形势已发展到消灭叛军之时。⑩皇纲——指唐帝业传统，也是国运的象征。⑩这句是说，追溯去年六月唐玄宗逃奔四川的事，当时跑得非常慌张，路上连饭都找不到。到了马嵬驿，又发生兵谏。⑩古先——古代。别——不同。⑩奸臣——指杨国忠等人。菹醢（zū hǎi）——剁成肉酱。⑩同恶——指杨氏家族及其同党。荡析——消除净尽。⑩不闻——没有听说。⑩中自——即皇帝自己主动。这上下两句用了"互文"的手法。上句举出夏、殷，也包括了周代；下句举出了褒、妲，也包括了妹喜。历史记载：夏桀因宠爱妹喜，殷纣王因宠爱妲（达dá）己，周幽王因宠爱褒姒（四sì），而亡国。意思是，唐玄宗虽也为杨贵妃兄妹所惑，但没有听说他像夏殷周三朝末代君主那样弄得不可收拾，而是主动地诛杀了祸首杨氏兄妹，挽救了国运。诛杀杨贵妃，实际上唐玄宗是出于被迫，杜甫这里是"为尊者讳"。⑩周汉——指西周和东汉。再兴，即中兴。⑪宣——周宣王。光——汉光武帝。是周汉二代的中兴之主。明哲——英明圣哲。⑫桓桓——威严勇武的样子。陈将军——指陈玄礼，当时任左龙武大将军，率领禁卫军护卫玄宗逃离长安，走至马嵬驿，他支持兵谏，当场格杀杨国忠等，并迫使玄宗缢杀杨贵妃。⑬钺（越 yuè）——大斧，古代天子或大臣所用的一种象征性武器。忠烈——指对王朝的忠诚刚正之心，即指兵谏。⑭微——无，没有。尔——你，指陈玄礼。非——指为胡人所统治，化为夷狄。⑮这两句意思是，没有你，人民将不堪设想；由于你，国家才得以保全。⑯大同殿——当时玄宗经常朝见大臣的地方。⑰白兽闼（踏 tà）——即未央宫白虎殿的殿门。唐代因避高祖李渊祖父李虎的讳，改虎为兽。为唐玄宗常住之处。⑱都人——指长安人民。翠华——皇帝仪仗中饰有翠羽的旌旗。这里代指皇帝。望翠华，盼望肃宗克敌还京。⑲金阙——金饰的宫门。指长安的宫殿。⑳园陵——指皇帝的陵墓。㉑洒扫——祭祀。数——礼数。㉒煌煌——光辉盛大。太宗——指李世民。业——业绩，指创建的唐王朝。㉓宏达——宏伟昌盛。这里表示杜甫对唐初开国之君的赞颂，也表示对唐朝中兴的期望。

彭衙行

忆昔避贼初①，北走经险艰②。夜深彭衙道，月照白水山③。尽室久徒步④，逢人多厚颜⑤。参差谷鸟鸣⑥，不见游子还⑦。痴女饥咬我，啼畏虎狼闻。怀中掩其口，反侧声愈嗔⑧。小儿强解事⑨：故索苦李餐⑩。一旬半雷雨，泥泞相牵攀⑪。既无御雨备⑫，径滑衣又寒。有时经契阔⑬，竟日数里间⑭。野果充糇粮⑮，卑枝成屋椽⑯。早行石上水⑰，暮宿天边烟⑱。小留同家洼⑲，欲出芦子关⑳。故人有孙宰㉑，高义薄层云㉒。延客已曛黑㉓，张灯启重门㉔。暖汤濯我足，剪纸招我魂㉕。从此出妻孥，相视涕阑干㉖。众雏烂熳睡㉗，唤起沾盘飧㉘。"誓将与夫子㉙，永结为弟昆㉚!"遂空所坐堂，安居奉我欢㉛。谁肯艰难际，豁达露心肝㉜？别来岁月周㉝，胡羯仍构患㉞。何当有翅翎㉟，飞去坠尔前㊱!

【说明】这是一首感谢友人的诗，也真实地记叙了杜甫携家逃难途中，艰难困苦狼狈不堪的一段经历。至德元载（756）六月，潼关失守，杜甫一家仓皇从奉先逃往鄜州，一路上风吹雨打，饥寒交加，在极度困难之中，受到了住在同家洼的友人孙宰的热情招待，使杜甫一直铭感在心。至德二载（757）闰八月，诗人由凤翔回鄜州，途经同家洼之西，回忆起去年孙宰的厚谊，但不能绕道相访，故作此诗以志感。此诗真实自然，明白如话，充分显示了诗人写实的才能。

【解释】①忆昔——指去年六月，从奉先携家逃往鄜州事。通篇都是追叙往事，只末四句是作诗时的话。故用"忆昔"二字领起。②彭衙在白水县东北六十里。杜甫当时是从奉先经彭衙逃往鄜州，故曰"北走"。③白水山——白水县的山。④尽室——一家老幼。徒步——步行。⑤厚颜——不感惭愧，指途中时时需求人济助。⑥参差（cēn cī）——高低不齐。这里指鸟群的上下翻飞。⑦游子——指在外逃难的人。这两句意谓，旅途荒凉，唯闻鸟鸣。而自己则不知何时可以回乡。⑧反侧——反复转身，指在怀中挣扎。声愈嗔——声更大。⑨强（抢qiǎng）——稍微。解事——懂事。⑩故——故意。索取。⑪相率攀——互相扶持。⑫备——工具。⑬经契阔——是说碰到特别难走的地方。⑭竟日——整天。⑮充——当。馋

（侯 hóu）粮——干粮。⑯卑枝——低矮的树枝。橡（船 chuán）——屋顶上的木条。屋橡，就是屋宇的意思。以树下当屋宇。⑰石上水——因连日下雨，所以山石上多积水。⑱天边烟——因露宿野外，所见山雾如烟。天边，极言其僻远。⑲小留——小住，短期逗留。同家洼——地名，在彭衙之北，当即孙宰住家所在。⑳芦子关——故址在今陕西省志丹县北与靖边县交界处。当时是由陕西通向肃宗行在灵武（今宁夏回族自治区灵武市）的重要关口。㉑故人——故交、友人。孙宰——宰是唐人对县令的一种尊称。孙大概做过县令。㉒薄——迫近，达到。㉓延客——邀请客人。曛黑——指天色昏黑。㉔启——开。重门——层层的门户。㉕古时风俗，为了怕行人在途中受惊，剪纸做旐（兆 zhào 小旗），以招人魂。这里指热情接待，多方安慰。㉖涕阑干——形容涕泪满面的样子。㉗众雏——孩子们。烂熳睡——形容孩子们睡得安然香甜的样子。㉘沾盘飧（孙 sūn）——吃晚饭。飧，晚餐。沾，恩赐的意思。㉙夫子——对人的尊称。这里是孙宰称杜甫。㉚弟昆——兄弟。这两句是代述当时孙宰的话。㉛这两句意思是，于是把堂屋腾出来，让我们高高兴兴地住下。㉜豁（huò）达——指开诚坦率。㉝岁月周——满一年。㉞胡羯（节 jié）——指安史叛军。构患——作乱。㉟翅翎（灵 líng）——翅膀。翎——羽毛。㊱坠——落下。尔——你，指孙宰。这两句表示杜甫对孙宰的深切思念之情。

曲江二首（录一）

其二

朝回日日典春衣①，每日江头尽醉归②。酒债寻常行处有③，人生七十古来稀④。穿花蛱蝶深深见⑤，点水蜻蜓款款飞⑥。传语风光共流转⑦，暂时相赏莫相违⑧！

【说明】至德二载（757）九月，唐军借回纥之助收复长安，十月，又收复洛阳，肃宗返回京师。杜甫于十一月回到长安，仍任左拾遗。这首诗作于乾元元年（758）春天。这时宦官李辅国擅权，杜甫虽身居谏官，但皇帝和宰执们目为异己，因而受到排斥，心情极为烦闷。此诗即借伤春，来抒发内心的抑郁感慨。同时，对明媚春光也描绘得十分生动出色。

【解释】①朝（嘲 cháo）——古代臣子见君王称朝。朝回，即退朝回来。典——典当。是一种用实物作抵押的贷款形式，利息很重。当春日而典当春衣，可知杜甫当时的穷困处境。②江头——指曲江。这两句意思是典衣买酒，以酒消愁。③寻常——平常。行处——到处。这句说一路上有不少诗人欠债的酒店。④这句说明终日尽醉的缘故，含有人生几何，须及时行乐之意。可以看出诗人处于恶劣环境下的苦闷。⑤蛱蝶——蝴蝶。蛱蝶恋花，回环来往，故曰"穿"。见——即现字，深深见，谓忽隐忽现。⑥点水蜻蜓——实际上是蜻蜓用尾巴在水面产卵的动作。款款——忽上忽下貌。这两句写春景也是写诗人宁静闲适的心境。⑦传语——请转告。共流转——一起盘桓游玩。⑧莫相违——（指春日风光）不要抛人而去。这两句用了拟人法，把明媚春光人格化了。

至德二载，甫自金光门出，间道归凤翔。乾元初，从左拾遗移华州掾，与亲故别，因出此门，有悲往事①

此道昔归顺②，西郊胡正繁③。至今犹破胆④，应有未招魂⑤。近侍归京邑⑥，移官岂至尊⑦？无才日衰老⑧，驻马望千门⑨。

【说明】此诗当作于乾元元年（758）六月。当时杜甫由左拾遗贬为华州（今陕西省华县）司功参军。去年（757）四月，杜甫曾冒着生命的危险，经金光门，逃出安史叛军盘踞的长安，从小道奔至凤翔，被肃宗授为左拾遗。时隔一年，西京收复，杜甫却又被贬职，再出金光门，离开长安。所以诗题说"有悲往事"，实际上更多的是对于现实的感慨。这件事在杜甫的仕途上是一次决定性的挫折，但在诗歌创作上却使他从宫廷走向民间，得以广泛深入地接触社会现实。

【解释】①金光门是长安西郭门。华州在长安以东，杜甫西出金光门，是为了与那里的亲故告别。华州掾（苑 yuàn），即华州司功参军，管理地方祭祀、礼乐、教育、选举等事务。掾——州官的属员。②此道——指西出金光门之道。归顺——指逃脱叛军，奔至凤翔，回归本朝。③西郊——指金光门外。胡——安史叛军。④破胆——意思是胆战心惊。⑤未招魂——意思是心有余悸。⑥近侍——指左拾遗。京邑——指华州，华州离长安不远，故称京邑。⑦移官——实指贬官，这是门面话。岂至尊——难道是出于皇帝的本心吗？这是不欲归怨于君的意思。⑧这句是杜甫自伤老大，感到自己很难再有机会为朝廷出力了。杜甫时年四十七岁。⑨千门——指宫殿。杜甫本来想在朝廷中做出一番事业，所以行前立马回望，不忍离去。

洗 兵 马① 收京后作

中兴诸将收山东，捷书夜报清昼同②。河广传闻一苇过③，胡危命在破竹中④。只残邺城不日得⑤，独任朔方无限功⑥。京师皆骑汗血马⑦，回纥餧肉葡萄宫⑧。已喜皇威清海岱⑨，常思仙仗过崆峒⑩。三年笛里关山月⑪，万国兵前草木风⑫。

成王功大心转小⑬，郭相谋深古来少⑭。司徒清鉴悬明镜⑮，尚书气与秋天杳⑯。二三豪俊为时出⑰，整顿乾坤济时了⑱。东走无复忆鲈鱼⑲，南飞觉有安巢鸟⑳。青春复随冠冕入㉑，紫禁正耐烟花绕㉒。鹤驾通宵凤辇备㉓，鸡鸣问寝龙楼晓㉔。

攀龙附凤势莫当㉕，天下尽化为侯王㉖。汝等岂知蒙帝力㉗？时来不得夸身强㉘！关中既留萧丞相㉙，幕下复用张子房㉟。张公一生江海客㉛，身长九尺须眉苍㉜；征起适遇风云会㉝，扶颠始知筹策良㉞。青袍白马更何有㉟？后汉今周喜再昌㊱。

寸地尺天皆入贡㊲，奇祥异瑞争来送㊳。不知何国致白环㊴，复道诸山得银瓮㊵。隐士休歌紫芝曲㊶，词人解撰河清颂㊷。田家望望惜雨干㊸，布谷处处催春种㊹。淇上健儿归莫懒㊺，城南思妇愁多梦㊻。安得壮士挽天河㊼，净洗甲兵长不用㊽！

【说明】这首诗当作于乾元二年（759）春。这时东都洛阳已经收复，安庆绪率残部退保邺城。史思明奉表归降。唐王朝的政治军事形势一度出现十分有利的局面，杜甫对国家的复兴有望，表示了极大的喜悦和感奋。对那些平叛有功、重整乾坤的得力将相，予以热烈的赞美和颂扬。同时也对那些争权夺利的侯王新贵，给以揭露和讽刺。最后，表达了诗人对结束战争，让人民享受太平生活的殷切期望。诗歌也含有古人"颂不忘规"的意思。全诗共分四段，每段一韵，十二句，且平韵仄韵交替使用，读来铿锵和谐。虽是古体，却使用了许多对仗工稳的句子，整齐而富于变化。章法严整，气劲词雄，是杜甫的一篇精心之作。

【解释】①洗兵马——即停止战争，刀枪入库的意思。②中兴诸将——即下文提到的成王李俶、郭子仪等。山东——指华山以东，今河南北部。至德二年十月，李俶、郭子仪的大军一举收复洛阳。这时安禄山已被其子安庆绪所杀，安庆绪退保邺城（今河南省安阳市），史思明也以范阳十三郡奉表来降。后句是说，捷报昼夜不断传来。③河——指黄河。这里化用了《诗经·河广》"谁谓河广？一苇杭之（谁说黄河宽广，一只小船就可渡过）"的意思，说官军很容易地就渡过黄河。④胡——指安庆绪叛军。这句是说，叛军的灭亡已在眼前，官军的胜利势如破竹。⑤残——剩、余下。这时安庆绪退保邺城，尚有七郡六十余城之地。不日得——很快便可克复。⑥独任——专任，信赖。朔方——唐郡名，在今陕西省横山县。这里指朔方节度使郭子仪及其统率的朔方军。当时郭子仪为司空、天下兵马大元帅。这句言外之意，是说要取得胜利，必须依靠本国的兵力和对将帅的信任。⑦京师——指长安。汗血马——汉代大宛名马，传说在长途奔驰后，流的汗颜色如血，此处指回纥送给唐朝的马匹。⑧餧——同喂，进食。葡萄宫——汉元帝时尝宴单于的地方，在上林苑内。此处指唐肃宗盛宴款待回纥将领。⑨海岱——东海、泰山，指今山东一带。⑩仙仗——天子仪仗。

崆峒——山名，在今甘肃省平凉县境内。当初叛军破潼关，肃宗从长安北奔灵武时，要经过崆峒山。这句意在提醒唐肃宗要"安不忘危"。⑪三年——指从天宝十四载（755）十一月，安禄山反叛，到乾元二年（759）春，这三年多时间。关山月——是汉乐府横吹曲的一种。横吹曲是一种军乐，这句意思是，三年战乱，到处是一片军声，即所谓"万国城头吹画角"。⑫万国——万方，各地。草木风——即"风声鹤唳，草木皆兵"的意思。这句是说，全国都遭受战争的蹂躏和威胁，人心惶惶不安。⑬成王——肃宗的太子李俶（触 chù），后来的代宗。乾元元年三月，李俶由楚王改封成王，在收复两京中，担任天下兵马元帅，所以说"功大"。心转小——转而变得小心谨慎。⑭郭相——郭子仪，乾元元年八月为中书令，中书令天宝元年曾改为右相，是"位在百僚之首"的宰相，故特称郭相。⑮司徒——指李光弼，至德二载四月，加检校司徒。清鉴——指识见的明察。悬明镜——像明镜高悬。⑯尚书——指王思礼，时迁兵部尚书。气——指气度。秋天杳（咬 yǎo）——像秋天一样的爽朗高远。意思是王思礼为人开朗、气度不凡。⑰二三豪俊——即上面提到的几个人。为时出——意谓应运而生。⑱乾坤——这里指国家、天下。济时了——度过了艰难的岁月。⑲这句用了晋人张翰的典故，张翰在洛阳做官，见秋风起，于

　　　　　　　　　杜甫诗选注（普及本）

是想起了家乡吴中的鲈鱼、莼菜，接着就辞官东归。当时张翰这样做是为了避难。杜甫在这里的意思则是说，现在局势已趋安定，做官的人可以安心做官了。⑳这句翻用了曹操的《短歌行》："月明星稀，乌鹊南飞；绕树三匝，何枝可依?"杜甫在这里的意思是，流落在外的人也有家可归了。㉑青春——春天。冠冕（免 miǎn）——这里指上朝的文武百官。入——指进入皇宫。㉒紫禁——天子之宫。正耐——正合、正要。烟花——指秾丽的春色，唐时宫中多植花柳。绕，环绕。这两句写重整朝仪。㉓鹤驾——指太子的车驾，即李俶的车驾。李俶乾元元年五月被立为太子。凤辇——指皇帝所乘之车，即肃宗的车驾。㉔鸡鸣——天刚亮时。问寝——问候起居。龙楼——皇帝所居，这里指太上皇唐玄宗的居处。这两句是说，肃宗和太子李俶连夜备好车驾，天刚亮就到龙楼去向玄宗问安。㉕攀龙附凤——这里指为肃宗和张淑妃宠信的一班幸臣，如王玙、李辅国等人，他们飞扬跋扈，不可一世。㉖这句是批评朝廷滥加封赏。当时大加封赏跟玄宗入蜀和跟肃宗在灵武的扈从之臣。说"天下"，是夸大的写法。㉗汝等——鄙词，指这些被滥加封赏的人。蒙帝力——意谓收复两京是皇帝的威力，不是你们的功劳。蒙是蒙受，叨光的意思。㉘时来——指侥幸得到封赏。这句是说，你们不过是走了时运，不要以为自己有什么了不起。㉙萧丞相——本指汉丞相萧何，刘邦引兵东进时，萧何留守关中，镇抚百姓，立了大功。这里借指房琯。房琯当时自蜀奉玄宗的传国宝及玉册到灵武传位肃宗，并被肃宗任为宰相。乾元元年六月贬官为邠州（今陕西彬县）刺史。邠州属关中之地。㉚张子房——张良，字子房，刘邦的重要谋臣。这里借指张镐，张镐曾经代房琯为相，乾元元年五月也被罢相，但仍为荆州大都督府长史兼荆州防御使，身居幕府，所以说"幕下复用"。杜甫比之张良，也是希望肃宗能再重用他。㉛张公——指张镐。江海客——指张镐大半生为布衣之士，意本不在富贵。㉜苍——花白。㉝征起——被征召做官。天宝十四载，张镐始被召为左拾遗。风云会——指安禄山陷两京，张镐从玄宗入蜀，又偕房琯等奉玄宗册命至灵武传位肃宗，出谋划策，收复两京，建立了功勋。㉞扶颠——挽救危亡。筹策——出谋划策。㉟这句用了侯景之乱的典故，南朝梁武帝时，侯景作乱，乱军都穿青衣，骑白马，当时有"青丝白马寿阳来"的童谣。侯景也是胡人，故用来借指安庆绪、史思明。更何有——即荡平在即的意思。㊱这句以历史上的中兴之主汉光武帝、周宣王来比喻肃宗。再昌——即中兴。㊲寸地尺天——指全国各地。㊳奇祥异瑞——古代帝王相信一种迷信说法：如果有奇异的现象和物器出现，是国运昌盛的吉兆。肃宗好鬼神，地方官吏投其所好，于是争先恐后地进献祥瑞物器。㊴白环——白玉环。传说虞舜时，西王母来朝，献白环玉玦（决 jué）。㊵银瓮——一种宝物，不汲自满。传说王者刑罚适中得当，则银瓮就会出现。这两句中用了"不知""复道"，表示争献祥瑞者不可胜数，同时也含有讥讽的意思。㊶紫芝曲——秦末汉初的隐士商山四皓（号 hào，老翁的代称）所作的歌。这句是说，隐士们也不用再隐居了。㊷河清颂——南朝宋文帝时，黄河之水变清，认为是太平吉祥的征兆，于是鲍照作《河清颂》。这句是说，文士们大写歌颂文章。㊸望望——望而又望，急切盼望。指当时有些地方有旱灾，农民盼雨春播。㊹布谷——催耕之鸟。每当春播时始鸣，声如呼"布谷"，故名。㊺淇——淇水，在邺城附近。淇上健儿——指包围邺城的兵士。归莫懒——意思是争取早日凯旋，不要延迟回乡的时间。㊻城南思妇——指出征兵士的妻子。㊼壮士——当是杜甫想象的那些"整顿乾坤"的"豪俊"。㊽这两句是说，哪里去求得壮士，能够力挽天河之水，净洗甲兵，永远再不使用呢？

新 安 吏① 收京后作，虽收两京，贼犹充斥

客行新安道②，喧呼闻点兵③。借问新安吏④："县小更无丁⑤？""府帖昨夜下⑥，次选中男行⑦。""中男绝短小⑧，何以守王城⑨？"肥男有母送，瘦男独伶俜⑩。白水暮东流⑪，青山犹哭声⑫。"莫自使眼枯⑬，收汝泪纵横⑭！眼枯即见骨⑮，天地终无情⑯！我军取相州⑰，日夕望其平⑱。岂意贼难料⑲，归军星散营⑳。就粮近故垒㉑，练卒依旧京㉒。掘壕不到水㉓，牧马役亦轻㉔。况乃王师顺㉕，抚养甚分明㉖。送行勿泣血㉗，仆射如父兄㉘。"

【说明】乾元元年（758）冬，郭子仪、李光弼、王思礼等九节度使的大军围困邺城，与叛军相持未下。到了乾元二年三月，一度降唐的史思明再次反叛，自魏州率军来解救邺城，与被困邺城的安庆绪内外呼应。唐军不置元帅，没有统一的指挥，互相牵制，六十万官军一朝尽溃。郭子仪率朔方军断毁河阳桥，

退保东都洛阳。形势又急转直下，洛阳、潼关又面临威胁。唐王朝为了扭转危机，加强战备，于是到处征兵抓丁，补充兵源。而战场附近的新安、陕县一带，更是不分男女老幼，生拉硬抓。战争给人民带来极大的灾难。这时，杜甫正由洛阳返回华州，亲眼看到这一带的百姓在过去两年惨遭叛军的蹂躏之后，又受到官军征兵拉夫的痛苦。于是写下了《新安吏》《石壕吏》《潼关吏》《新婚别》《垂老别》《无家别》这一组传诵千载、反映人民苦难的史诗。

这是一组叙事诗，在艺术上继承了古乐府诗的传统，寓情于叙事写实之中。那种浓郁而激荡的思想感情，完全通过对客观现实的描述而体现出来。"三吏"和"三别"在表现手法上又有所不同，即"三吏"夹带问答叙事，所以诗中有杜甫本人出场；而"三别"纯托送者行者之词，通篇都是人物的自白，杜甫没有露面，且全无议论，这就更增强了客观形象的感染力量。

《新安吏》写诗人经过新安，正逢上县吏又在征兵。成年的壮丁已被抓光，只好把那些未成年的少年驱上战场。诗人深切同情他们，却也只能忍痛去安慰、劝勉他们。

【解释】①新安——地名，今河南省新安县。②客——杜甫自称。③喧（宣 xuān）——声音嘈杂。点——按名册点名征集。④借问——这是杜甫的问词。⑤更无丁——难道没有成丁的人了吗？唐制：男女始生为黄，四岁为小，十六为中，二十一为丁，六十为老。天宝三载，又改为：十八以上为中男，二十三以上成丁。⑥府帖——军帖，征兵的文书。⑦次选——按次序征召。这两句是吏的解释。⑧绝短小——极矮小。⑨王城——指东都洛阳。洛阳，周代称王城。这两句又是客的诘问。⑩伶俜（零乒 líng pīng）——孤零零的样子，指家无亲人相送。⑪指被征的行者已沿白水东去。⑫指送行的人还在山边啼哭。这两句融景入情，仿佛山水也为之号恸。⑬眼枯——指哭干眼泪。这句以下至篇末，全是"客"的宽慰之词。⑭汝——您，指送行者。⑮意谓即使把眼哭瞎了。⑯天地——在这里影射朝廷。⑰相州——即邺城。今河南省安阳市。⑱日夕——早晚。⑲难料——难以预料，不易捉摸。⑳星散营——是说像星星一样散乱各自屯营。㉑就粮——就食。当时百姓饥馑，郭子仪的部队在东京获得大批军粮。㉒练卒——练兵。旧京——指洛阳。这句指新兵在洛阳附近训练。㉓不到水——指劳役不重，战壕挖得很浅。㉔牧马——放马，指在军中放马。㉕王师——指唐官军。顺——讨伐叛军，名正言顺。即《北征》诗"其王愿助顺"之"顺"。㉖抚养——指军官爱护士卒。分明——指有纪律度。㉗泣血——指极端悲哀地哭泣。㉘仆射（业 yè）——

杜甫诗选注（普及本）

官名，在唐代相当于宰相，这里指郭子仪。至德二载五月，郭子仪复西京失利，自请由司空贬官，改为左仆射，此时已进位为中书令。杜甫在这里是仍用旧称。如父兄——是说郭子仪对士卒关怀备至，视士兵如子弟。

石　壕　吏

　　暮投石壕村①，有吏夜捉人。老翁逾墙走②，老妇出门看。吏呼一何怒，妇啼一何苦③！听妇前致词④："三男邺城戍⑤，一男附书至⑥，二男新战死。存者且偷生⑦，死者长已矣⑧！室中更无人⑨，惟有乳下孙⑩。有孙母未去，出入无完裙⑪。老妪力虽衰⑫，请从吏夜归⑬。急应河阳役⑭，犹得备晨炊⑮。"夜久语声绝，如闻泣幽咽⑯。天明登前途，独与老翁别⑰。

　　【说明】杜甫行途中，投宿石壕村，碰上官吏捉人的一幕惨剧。诗歌用素描的手法，清晰如画地再现了诗人的这次亲身见闻。诗人虽没说一句话，却深刻地表达了对人民苦难的同情。

【解释】①投——投宿。石壕村——当在今河南省陕县东。②逾——越过。③一何——何等，多么。④致词——述说。⑤邺城——相州，今河南省安阳市。戍——这里指作战。⑥附书——捎信。⑦且——权且，聊且。偷生——苟活，活一天算一天。⑧长已矣——永远完了。⑨更——再。⑩乳下孙——正在吃奶的小孙子。⑪无完裙——没有完好的裙子。指衣不蔽体。⑫老妪（玉yù）——老太婆。这里是老妇自称。⑬请从——让我跟着。⑭河阳——在今河南省孟县，当时唐王朝官兵与叛军在此对峙。⑮犹得——还能。备——办、做。⑯幽咽（叶yè）——哭不出声。⑰这句指杜甫与老翁告别。一"独"字，即表示出老妇已被抓走。

潼　关　吏①

士卒何草草②，筑城潼关道。大城铁不如③，小城万丈余④。借问潼关吏⑤："修关还备胡⑥？"要我下马行⑦，为我指山隅⑧："连云列战格⑨，飞鸟不能逾⑩。胡来但自守⑪，岂复忧西都⑫！丈人视要处⑬，窄狭容单车。艰难奋长戟⑭，万古用一夫⑮。哀哉桃林战⑯，百万化为鱼⑰。请嘱防关将：慎勿学哥舒⑱！"

【说明】 潼关是洛阳通往长安的咽喉，兵家必争的战略要地。天宝十五载（756）六月，安禄山叛军进攻潼关，老将哥舒翰以二十万大军闭关拒守，相持半载，最后由于杨国忠一再逼迫促战，不得已开关迎敌，结果全军覆没于灵宝战场，潼关失守，哥舒翰降敌。这次杜甫又路过潼关，正值邺城之师溃后，安史叛军进逼东都，看到官军正加紧筑城，修建工事，杜甫十分感慨，写了此诗，意在提醒守关将领，不要重蹈三年前哥舒翰的覆辙。

【解释】 ①潼关——在今陕西省潼关县。②草草——疲劳不堪的样子。③铁不如——说铁也不如这城坚固。④铁不如、万丈余都是夸张的说法。⑤借问——杜甫的问词，实际上是为了行文叙述的方便。⑥这是疑问句。还——仍然是。因为哥舒翰曾经失守过一次。备——防备。胡——仍指安史叛军。⑦要（腰yāo）——邀请。⑧山隅（于yú）——山边。⑨连云——夸言其高。战格——防御敌人的栅栏。⑩逾——超过。⑪但要——只、只要。⑫西都——长安。⑬丈人——这里是关吏对杜甫的尊称。

要处——形势险隘的地方。⑭奋——挥舞。戟（几 jǐ）——古代的一种兵器。⑮这句是说，此关自古以来，只要一人把守，就万夫莫开。极言地形的易守难攻。⑯桃林——即桃林塞，指河南灵宝县以西至潼关一带。桃林战即指三年前，潼关失守的战役。⑰化为鱼——即葬身鱼腹的意思。当时官军坠黄河而死者数万人。百万，是夸张的说法。⑱嘱——嘱咐，告诫。哥舒——即哥舒翰。此诗最后四句，有人解作是杜甫的话，不确。关吏地位甚低，对地位甚高的守关主将，不得用"嘱"字。杜甫曾为左拾遗，是皇帝的近臣，所以关吏请他嘱咐守关将领。其实，这也就是杜甫自己的观点。

新　婚　别

兔丝附蓬麻，引蔓故不长①。嫁女与征夫②，不如弃路旁。结发为妻子，席不暖君床。暮婚晨告别，无乃太匆忙③。君行虽不远，守边赴河阳。妾身未分明④，何以拜姑嫜⑤？父母养我时，日夜令我藏⑥。生女有所归⑦，鸡狗亦得将⑧。君今往死地，沉痛迫中肠⑨！誓欲随君去，形势反苍黄⑩。勿为新婚念，努力事戎行⑪。妇人在军中，兵气恐不扬⑫。自嗟贫家女⑬，久致罗襦裳⑭。罗襦不复施⑮，对君洗红妆⑯。仰视百鸟飞，大小必双翔⑰。人事多错迕⑱，与君永相望⑲！

【说明】这首诗写一对新婚夫妇，在结婚的次日清晨，新妇就要和去前线的丈夫告别。全诗除开始两句用了比喻作起兴以外，全是新妇的惜别劝勉之词，通过大段悲怨而又沉痛的自诉，塑造了一个承受着黑暗社会苦难命运的善良坚毅的青年妇女形象，深刻地揭露了战乱带给人民的巨大不幸。

【解释】①这两句是比喻。兔丝——即菟丝子，一种蔓生的草，依附在其他植物枝干上生长。蓬和麻的枝干都很短小，所以菟丝子的引蔓自然长不了。比喻女子嫁给征夫，相处也不会长久。蔓（万 wàn）——细长能缠绕的茎。②征夫——当兵出征的人。弃路旁——丢在路一边。③无乃——岂不是。④身——身份，即指在家庭中的名义地位。唐代习俗，嫁后三日，始上坟告庙，才算成婚。今仅宿一夜，婚礼未成，故身份不明。⑤姑嫜（张 zhāng）——婆婆、公公。⑥这两句说，在未出嫁时，父母对自己的疼爱。藏——躲藏，不随便会见外人，这是封建礼教的规矩。⑦归——古代女子出嫁称"归"。⑧将——带领、相随。这两句即俗语所说的"嫁鸡随鸡，嫁狗随狗"的意思。⑨迫——煎迫。中肠——内心。⑩苍黄——犹仓皇。意思是多所不便，更麻烦。⑪事戎行（杭 háng）——从事打仗。这两句是鼓励丈夫努力作战。⑫这句是说，恐怕士气不振。⑬嗟——叹。⑭久致——许久才制成。襦（如 rú）——短袄。裳——下衣。⑮不复施——不再穿。⑯洗红妆——洗去脂粉，不再打扮。⑰翔——飞。⑱错迕（午 wǔ）——错杂，不如意的意思。⑲永相望——永远盼望重聚。表示对丈夫的爱情始终不渝。

垂　老　别①

四郊未宁静②，垂老不得安。子孙阵亡尽，焉用身独完③！投杖出门去④，同行为辛酸⑤。幸有牙齿存，所悲骨髓干。男儿既介胄⑥，长揖别上官⑦。老妻卧路啼，岁暮衣裳单。孰知是死别⑧，且复伤其寒⑨。此去必不归，还闻劝加餐⑩。土门壁甚坚⑪，杏园度亦难⑫。势异邺城下⑬，纵死时犹宽⑭。人生有离合，岂择盛衰端⑮？忆昔少壮日，迟回竟长叹⑯。万国尽征戍⑰，烽火被冈峦⑱。积尸草木腥，流血川原丹⑲。何乡为乐土？安敢尚盘桓⑳！弃绝蓬室居㉑，塌然摧肺肝㉒。

【说明】这首诗写一个"子孙阵亡尽"的老人投杖出门，奋然应征的情景。和前一首的角度不同，全是应征老人对他妻子的告别之词。在生离死别的时刻，一对相依为命的老人互相怜悯，互相慰藉，表达得非常深沉细腻。这首诗从更广阔的角度反映了战争的残酷和人民的苦难。

【解释】①垂老——临近暮年。②四郊——古代把王城之外，四周百里的地方称为郊。这里指洛阳周围。③焉用——哪用。完——全，生全。这句是说，一个人还活着干什么？④投杖——丢掉拐杖。这里表示忿然的态度。⑤同行——一起应征的人。辛酸——伤心。⑥介胄（宙 zhòu）——即甲胄，甲衣头盔。这里用作动词，意思是穿上了军装。⑦长揖（衣 yī）——古时的一种礼节，这里表示一种军人的礼节。⑧孰——同熟。孰知——深知。⑨且——更进一步的意思。复——还。其——指老妻。这句指忧虑老妻衣单受寒。⑩还闻——还听到。劝加餐——勉励要多吃饭，注意身体。这句是老妻对老伴的嘱咐。

⑪土门——即土门口，在今河北省涿鹿县西。壁——壁垒。
⑫杏园——即杏园镇，在今河南省汲县。度——通过，是说敌人也很难在此通过。⑬这句意思是，与前时围攻邺城时的形势不同了。⑭纵——纵然，即使。时犹宽——还有个相当长的时间。这是安慰老妻，也是聊以自慰的话。⑮盛衰——指壮年和老年。端——指两头。这句意思是，当命运要你分别的时候，不论是壮年或老年都得分手。这也是慰藉妻子的话。⑯迟回——低徊。这两句是说，回想起过去青年时代的太平日子，不禁低徊长叹，不可复追。⑰万国——万方、到处。征戍——战争。⑱烽火——战火。被——覆盖。冈峦（栾 luán）——连绵的山头。⑲丹——红色。这句是说，战血染红了河流和大地。⑳盘桓——流连不进的意思。㉑弃绝——指离开。蓬室——草房，指老人的家。㉒塌然——崩裂貌。摧肺肝——意思是心像裂开一样的悲伤难过。

无　家　别

寂寞天宝后①，园庐但蒿藜②。我里百余家③，世乱各东西④。存者无消息，死者为尘泥。贱子因阵败⑤，归来寻旧蹊⑥。久行见空巷，日瘦气惨凄⑦。但对狐与狸，竖毛怒我啼⑧！四邻何所有？一二老寡妻⑨。宿鸟恋本枝⑩，安辞且穷栖⑪。方春独荷锄⑫，日暮还灌畦⑬。县吏知我至，召令习鼓鼙⑭。虽从本州役⑮，内顾无所携⑯，近行止一身⑰，远去终转迷⑱。家乡既荡尽⑲，远近理亦齐⑳。永痛长病母㉑，五年委沟溪㉒。生我不得力㉓，终身两酸嘶㉔。人生无家别，何以为蒸黎㉕！

【说明】《无家别》是说孑然一身，无家可别。通篇是一个被再次征召去当兵的独身汉的独白。因为战乱，全家人已死尽，家园已成一片蒿藜，没有可告别的人，也没有值得留恋的家，所以只是自言自语，又像对客人倾诉。诗的上段，写老兵归来，所见到的家乡惨状：园庐荒芜，人迹断绝，野兽出没。这种满目凋残的景象，正是安史之乱所造成的社会现实的真实写照。诗的下段，写老兵第二次被征召时，那种无所挂牵，心灰意冷，惆怅恍惚的心理感情，这正是长期战乱，社会巨变，带给人民精神上的巨大创伤。

【解释】①寂寞——萧条荒凉的景象。天宝后——指天宝十四载爆发的安禄山之乱。②庐——房屋。但——只，只有。蒿藜——野生植物。指杂草丛生。③里——乡里。④各东西——各自东奔西逃。⑤贱子——这里是无家者的自称。阵败——指相州战役的失败，当时除李光弼、王思礼外，余军尽溃。⑥旧蹊（西 xī）——旧路。⑦日瘦——指日光暗淡。心情黯然，故感白日无光。⑧怒我啼——发怒地对我号叫，因人迹稀少，故野兽猖獗。⑨寡妻——寡妇。⑩这句比喻人怀恋故乡。⑪安辞——别无选择的意思。栖——止息。意思是，家乡虽穷困也不能不住下去。⑫荷——扛着。独，显示出家乡人烟绝少。⑬畦（其 qí）——小片的园地。⑭鼓鞞（皮 pí）——军中战鼓。习鼓鞞——指入伍操练军事，又要他去当兵。⑮这句是说，在本州当兵服役。⑯携——离别。无所携——是说家中没有什么人可以告别的。⑰止——只、仅。这句是说，去近的地方我也是单身一人。⑱这句是说，去远的地方就别想再回来了。⑲荡尽——涤荡净尽，一无所有。⑳齐——一样。㉑长病母——长期生病的老母。㉒五年——指天宝十四载安史乱起，到这一年，恰是五个年头。委沟溪——指死于贫困。㉓不得力——指自己不能尽孝奉养。㉔两酸嘶——指母子两人都遗恨无穷。㉕蒸黎——平民百姓。这两句是说，一生弄到连家都没有了，这样的老百姓还能当吗？

　　　　　　　　　　杜甫诗选注（普及本）

赠卫八处士①

人生不相见，动如参与商②。今夕复何夕③，共此灯烛光④？少壮能几时？鬓发各已苍⑤！访旧半为鬼⑥，惊呼热中肠⑦。焉知二十载，重上君子堂⑧。昔别君未婚，儿女忽成行⑨。怡然敬父执⑩，问我来何方？问答未及已⑪，儿女罗酒浆⑫。夜雨剪春韭，新炊间黄粱⑬。主称"会面难"⑭！一举累十觞⑮。十觞亦不醉，感子故意长⑯。明日隔山岳⑰，世事两茫茫⑱！

【说明】这首诗作于乾元二年（759）春天。杜甫于去年出任华州司功参军后，冬天曾告假回东都洛阳，探望旧居陆浑庄。这年三月，九节度之师溃于邺城，杜甫自洛阳经潼关回华州，道出奉先，访问了居住在乡间的少年时代的友人卫八处士。一夕相会，又匆匆告别。这首诗即以白描写实的手法，记述了这次难得的欣喜相逢。表现了乱离年代人们所共有的"沧海桑田"

"别易会难"的感慨。此诗特点是，通过具体细腻的叙事，抒发其真挚而深厚的感情。自然明快，生动如画，在杜诗中是别具一格的。

【解释】①卫八处士——不详其人，八是其排行，处士是指隐居不仕的读书人。②动如——往往就像。参（身 shēn）、商——二星名，在天空中一出一没，不能同时相见。古人常借用这两颗星，比喻人和人的不能相容或相见之难。③这句流露出意外的喜悦，意思是今晚是什么好日子呢？④这句是说，二人灯下相会。⑤苍——灰白色。⑥这句说，彼此打听故旧亲友，竟死去了一半。⑦听到这些故人的不幸消息，不禁连连惊呼，内心感到十分难过。⑧君子——对人的尊称，这里指卫八。⑨忽——悠忽，转眼之间。成行——指儿女众多。⑩怡然——喜悦的样子。父执——父亲的朋友。⑪未及已——还未能说完。⑫罗——罗列、摆出。酒浆——指酒肴。⑬新炊——刚煮熟的米饭。间（见 jiàn）——掺杂。黄粱——黄米。⑭主——主人。⑮觞（商 shāng）——古代的酒杯。累十觞——连饮了十杯。⑯子——你，对人的敬称。故意——故旧情意，指老朋友的情谊深长。⑰这句是说，明天就要分手。⑱世事——指社会和个人的前景。两茫茫——彼此难以预料的意思。

秦州杂诗二十首 (录四)

其一

满目悲生事①，因人作远游②。迟回度陇怯③，浩荡及关愁④。水落鱼龙夜⑤，山空鸟鼠秋⑥。西征问烽火⑦，心折此淹留⑧。

【说明】这组诗由二十首五言律诗组成，是乾元二年(759)秋天，杜甫由华州弃官，携家流寓秦州（今甘肃省天水市）时写的。杂诗，即随有所感而作，或感叹时局的动乱；或同情人民的疾苦；或抒发个人的情怀；或吟咏秦州的风光，虽编在一起，实可各自成篇。

这是杂诗的第一首，写赴秦州的原因、途中的险阻风光，以及诗人的心情。

【解释】①满目——满眼，到处都是。悲生事——是说那一带百姓都难以谋生，也包括自己一家。生事，即生计。②因人——依靠人。当时杜甫有侄子杜佐住在秦州东柯谷，这次就是去投奔他。远游——指从华州去秦州。③迟回——徘徊。
度——通过。陇——指陇山，亦名陇阪，绵亘于今陕西省宝鸡、
陇县和甘肃天水、秦安等地。杜甫正沿着陇阪西行。怯——胆
怯。④浩荡——关势高峻阔远。及关——到了关口。关——陇
关，一名大震关，在今陕西省陇县西陇山下。这两句意思是，
沿途山关险阻，前途茫茫，令人胆怯心愁。⑤鱼龙——川名，
今名北河，源出陇县西北，南流至陇县东，入汧水。这句说，
夜间渡过鱼龙川，河水甚浅。⑥鸟鼠——山名，在今甘肃省渭
源县。这句说，秋日行过鸟鼠山，万木凋零，令人有空旷之感。
这两句是写途中的风光及感受。鱼龙川、鸟鼠山都是实际地名，
一经诗人拆开来，就写得活了。⑦西征——秦州在华州之西，
所以说西征。烽火，指战争。当时秦州之西的吐蕃常东来掠扰。
杜甫恐前路不靖，故问有无战争。⑧心折——指忧虑担心。淹
留——停留。这句意思是，不想在秦州久留，但又不得不住下
来，所以心中抑郁。

其四

鼓角缘边郡①，川原欲夜时②。秋听殷地发③，风散
入云悲④。抱叶寒蝉静⑤，归山独鸟迟⑥。万方声一概⑦，
吾道竟何之⑧？

【说明】这是杂诗中的第四首，诗人来秦州本为避乱谋生，可这边郡也不太平，鼓声震地，角声入云。面对这"万方多难"的现实，引起诗人无限的感慨。

【解释】①鼓角——指战鼓号角。缘——顺沿。边郡——指秦州。意思是秦州四周都是鼓角声。②川原——指山川原野。③殷地发——形容鼓声震地。殷——雷声的沉闷巨响。④入云悲——形容号角声随着秋风吹上云端。⑤寒蝉——秋天之蝉。静——指入夜不再鸣叫。⑥独鸟——孤独的飞鸟。这两句写秋天入夜时万物寂然的自然景象。也兼以寒蝉、独鸟自况。⑦一概——一样。⑧道——道路。这里也有生活前景的意思。之——往。这两句说，到处都是鼓角连天，我往哪里去呢？

其七

莽莽万重山，孤城山谷间①。无风云出塞，不夜月临关②。属国归何晚③，楼兰斩未还④。烟尘一长望⑤，衰飒正摧颜⑥。

【说明】这是杂诗中的第七首，先写秦州的险峻形势，再长望塞外，怀想起汉朝使臣立功异域的事迹，对照今日时事，不禁令人忧愁起来。

【解释】①孤城——指秦州城，建在山谷之间。②这两句说，因秦州城地势高，故即使无风，也有云涌出塞外。未入夜而月光先照到关塞。③属国——属国即典属国，官名。汉武帝时，苏武留匈奴十九年，回汉朝后，被任命为典属国。④楼兰——汉时西域国名。汉昭帝时，楼兰通匈奴，不亲汉，傅介子至楼兰，斩其王之首级而还，封为义阳侯。⑤烟尘——指战火烟尘。⑥衰飒（萨 sà）——这里形容战乱中的衰败景象。摧颜——是说叫人发愁。

其二十

唐尧真自圣①，野老复何知②！晒药能无妇③？应门亦有儿④。藏书闻禹穴⑤，读记忆仇池⑥。为报鸳行旧⑦，鹧鸪在一枝⑧。

【说明】这是杂诗的最后一首，大概是寄给朝廷旧日同僚的。诗中抒泄了杜甫不得皇帝信用而羁栖异地的牢骚。全用反说法，寓意曲折，感情激愤。

【解释】①唐尧——这里指唐肃宗。自圣——生来圣明的皇帝。真自圣——言外之意就是无须听从朝臣谏议了。杜甫曾为肃宗谏官，因不合肃宗心意而被贬官。这句表面上是恭维，实际上是讽刺。②野老——杜甫自指。这句是说，我这个野老又懂得什么呢？③以下四句都是说杜甫自己在秦州的生活，本来是郁悒无聊，却故意说得怡然自乐。晒药——指把草药加工晒干。杜甫多病，故常自采草药，又常卖药以糊家口。能无——岂无，难道没有？这句意思是，有妻子帮助晒药。④应门——看管门户。这句意思是，有儿子看管门户。这两句指享有天伦之乐。⑤禹穴——相传为夏禹藏书之处，一在浙江绍兴会稽山上，一在陕西旬阳县东。这里指后者。句子意思是，这里还有名胜古迹可以游览。实际上杜甫并没有去。⑥读记——阅读记载山川名胜的书。仇池——山名，在甘肃省成县西，山上有池，故称仇池。⑦鸳行（杭 háng）——朝廷上官僚的行列。鸳行旧——指旧日同朝的僚友。⑧鹪鹩（jiāo liáo）——小鸟。《庄子》有"鹪鹩巢于深林，不过一枝"的话。这两句说：告诉在京的同朝旧友，自己现在像一只小鸟一样已经有了个栖身之所，感到很满足了。

月夜忆舍弟①

戍鼓断人行②，边秋一雁声③。露从今夜白④，月是故乡明⑤。有弟皆分散，无家问死生⑥。寄书长不达⑦，况乃未收兵⑧。

【说明】这首诗是乾元二年（759）秋天，杜甫流寓秦州时所作。杜甫有四个弟弟：颖、观、丰、占，这时只有杜占随着他，其他三个散居在山东、河南。这首诗抒发了诗人对诸弟及家乡的怀念。感叹由于战乱而造成的兄弟离散、无家可归的悲惨遭遇。

【解释】①舍弟——对他人称呼自己的弟弟为舍弟。②戍鼓——将入夜时戍楼上所击的鼓。断人行——禁止行人，如后来称的"戒严"。③一雁——古人常以雁行喻兄弟。说一雁，隐含兄弟分散的意思。④这天适逢白露节，所以说"露从今夜白"。节令时序的变易，更增加了人的思亲之情。⑤月亮到处一样，但因思念家乡，所以说"月是故乡明"。⑥这句是说，分散

　　　　　　　　　　　杜甫诗选注（普及本）

而有家，死生还可以从家中问知，现在分散无家，连死活都无从得知。⑦书——信。⑧况乃——何况是。未收兵——战争还没有结束。

梦李白二首

其一

死别已吞声①，生别常恻恻②！江南瘴疠地③，逐客无消息④。故人入我梦⑤，明我长相忆⑥。恐非平生魂⑦，路远不可测⑧。魂来枫林青⑨，魂返关塞黑⑩。君今在罗网⑪，何以有羽翼⑫？落月满屋梁⑬，犹疑照颜色⑭。水深波浪阔⑮，无使蛟龙得⑯。

【说明】这两首诗是乾元二年（759）秋，杜甫流寓秦州时所作。李白与杜甫于天宝四载秋，在山东兖州石门分手后，就再没见面，但彼此一直在深深怀念着。至德二载（757），李白因曾参与永王李璘的幕府受到牵连，下狱浔阳（今江西省九江市）。乾元元年（758）初，又被定罪长流夜郎（今贵州省桐梓县）。乾元二年（759）二月，在三峡流放途中，遇赦放还。杜甫这时流寓秦州，地方僻远，消息隔绝，尚不知实情，仍在为李白忧虑，不时梦中思念，于是写成这两首诗。

【解释】①吞声——极端悲恸，哭不出声来。②恻恻（册cè）——悲痛。死别和生别，是参差其词，意思是一样的。吞声和恻恻，俱言其悲痛。③江南——指李白流放的地方。瘴疠（帐丽 zhàng lì）——疾疫。古代称江南一带为瘴疠之地。④逐客——被放逐到边远地区的人，指李白。⑤故人——老友，也指李白。⑥明——表明。这两句意思是，梦到故人，正表明我的思念之深。⑦平生魂——指李白的魂。⑧不可测——生死难知的意思。这两句是说，我梦到的恐怕不是你的真魂吧！山高路远，谁知道你是否还活着啊！⑨枫林——指李白放逐的江南。江南多枫林。⑩关塞——指杜甫流寓的秦州，秦州多关塞。李白的魂来魂往都是在夜间，所以说"青""黑"。⑪罗网——捕鸟的工具，这里指法网。⑫羽翼——翅膀。这两句代李白担心。李白身遭法网，系狱流放，怎样能这样来往自由呢？⑬落月——指月光。这句写夜间梦醒后的情景。⑭颜色——指李白的容貌。这句意思是，梦醒之后，李白的容貌仿佛仍在眼前晃动。⑮这句指李白的处境险恶，恐遭不测。⑯蛟龙——传说中的一种水兽。最后两句是对李白的祝愿和告诫。表面上说的是江南水深多蛟，实际是指政治环境的凶险，要李白多加小心。

其二

浮云终日行，游子久不至①。三夜频梦君②，情亲见君意③。告归常局促④，苦道"来不易⑤：江湖多风波，舟楫恐失坠⑥！"出门搔白首，若负平生志⑦。冠盖满京华⑧，斯人独憔悴⑨！孰云网恢恢⑩？将老身反累⑪。千秋万岁名，寂寞身后事⑫。

【解释】①游子——指李白。古人常以浮云比喻游子，因为都是飘荡无定。不至——不回来。②频——频繁、多次。③这两句意思是，李白之魂一连三夜入我梦，足见您对我的情意亲厚。④告归——辞别。局促——不安不忍的样子，形容舍不得遽然离去。⑤这以下三句是梦中李白的说辞。⑥舟楫（吉jí）——指船。⑦这两句写梦中李白告归时的神态。出门时搔着白发，像是有负于自己生平志向的样子。⑧冠——官帽。盖——车盖。冠盖，指代官僚。京华——京城。⑨斯人——此人，指李白。斯人一词在过去的用法上，本身即含有赞叹的意思。⑩孰云——谁说？网恢恢——《老子》有"天网恢恢，疏而不漏"的话，此处指法网。恢恢——宽广而难以捉摸。这句意思是，谁说天网宽疏，可是对你却过于严峻了。⑪将老——临到晚年，这时李白已五十九岁。以上四句是杜甫对李白的坎坷遭遇鸣不平。⑫身后——指死后。这两句的意思是，千秋万岁之后，李白的大名必将传扬天下；而现在他活着的时候，有谁来顾怜他寂寞困苦的处境呢？

天末怀李白①

凉风起天末，君子意如何②？鸿雁几时到③？江湖秋水多④。文章憎命达⑤，魑魅喜人过⑥。应共冤魂语⑦，投诗赠汨罗⑧。

【说明】这一首和《梦李白二首》，当是同一时期的作品。诗中设想李白于深秋时节在流放途中，从长江经过洞庭湖一带的情景。表达了诗人对李白深切的怀念和同情。

【解释】①天末——天的尽头，秦州地处边塞，所以说天末。②君子——指李白。③鸿雁——比喻书信，是说盼望得到李白的消息。④江湖秋天水涨，这里比作路途险阻，鸿雁难飞。⑤命——命运，时运。文章——在这里泛指一切文学。这句意思是，老天总是妒忌有文才的人，文章好了就要倒霉。⑥魑魅（痴妹 chī mèi）——传说中的山神怪物，它喜人经过，以便吞食。⑦冤魂——指屈原。屈原无罪被楚王放逐，投汨罗江而死。杜甫深知李白参与永王李璘幕府，实出于爱国，却也蒙冤放逐，正和屈原一样。所以说，应和屈原一起诉说冤屈。⑧汨（密 mì）罗——汨罗江，在今湖南省湘阴县东北。

捣　　衣①

亦知戍不返②，秋至拭清砧③。已近苦寒月④，况经长别心⑤。宁辞捣熨倦⑥，一寄塞垣深⑦？用尽闺中力⑧，君听空外音⑨。

【说明】乾元二年（759）秋，诗人借托一个捣衣戍妇的自白，从一个日常生活的侧面，反映了长期的战争带给人民的苦难。

【解释】①捣衣——即把将裁之帛或缝好之衣，放在砧上，以杵捣使妥帖。古诗写捣衣多在秋天，因将寄远方御寒。②亦知——也知，明明知道。这是诗人代戍妇设想。这两字表示出，战争的长期性妇孺皆知，人民对胜利已经失去了信心。③秋至——秋天到了。拭——拂拭。砧（真 zhēn）——捣衣石。④苦寒月——指到了冬天。⑤长别——久别。这两句写捣衣时的心情，对久别丈夫的怀念。⑥宁辞——岂辞？熨——指熨平衣物。⑦塞垣——边城，指丈夫征戍之地。⑧闺中——闺房之中的人，即捣衣妇。⑨最后两句是诗人同情戍妇的话。下句证实上句，因为用力越大，砧声就越响。但即使戍妇用尽了自己的力气，也不能使她远戍的丈夫回来，徒然只留得一片捣衣的声音，悲哀地回荡在山城的夜空而已。

乾元中寓居同谷县作歌七首① (录二)

其一

有客有客字子美②，白头乱发垂过耳。岁拾橡栗随狙公③，天寒日暮山谷里。中原无书归不得④，手脚冻皴皮肉死⑤。呜呼一歌兮歌已哀⑥，悲风为我从天来⑦！

【说明】这组诗写于乾元二年（759）十一月。杜甫由秦州（今甘肃天水）携家眷来到同谷，不久，就从这里入蜀了。这年杜甫四十八岁，是他一生中行路最多的一年，也是生活最困苦的一年。他客居异乡，饥寒交迫，几乎走入绝境。他用诗歌叙写自己悲惨的遭遇，发出怨楚的呼号。在体裁上是取法于蔡琰的《胡笳十八拍》，后者也是抒发离乱悲楚之情的。这里选录的是七首中的第一、二首。这组诗在结构上相同，都是首二句点出主题，中四句叙事，最后两句感叹。

【解释】①同谷县——今甘肃省成县。唐朝属成州。②有客——杜甫是寓居，故自称"客"。这里连用两个有客，是模仿《诗经·周颂》："有客有客，亦白其马。"子美——杜甫的字。③橡栗——也称橡子，是橡树的果实。穷人在荒年可用来充饥。狙（居 jū）公——养猴子的人。狙即猴子。《庄子》有"狙公赋芧（序 xù）"的故事，芧即橡子。杜甫迫于饥饿也拾橡子充饥，所以说"随狙公"。④中原——指河南洛阳一带，也是杜甫的故乡。书——书信。⑤皴（村 cūn）——皮肤因风吹和受冻而干裂称皴。皮肉死——皮肉因冷冻而失去知觉，就好像死了一样。⑥

呜呼——感叹词，这里是为悲痛而发。兮——语助词，相当于现代汉语中的啊。⑦这句是说好像天风也在为我悲伤。

其二

长镵长镵白木柄①，我生托子以为命②！黄独无苗山雪盛③，短衣数挽不掩胫④。此时与子空归来⑤，男呻女吟四壁静⑥。呜呼二歌兮歌始放⑦，闾里为我色惆怅⑧！

【解释】①镵（缠 chán）——一种类似锄头的农具，安有长木把，故称长镵。②子——本是对人的尊称，这里是称呼长镵的。这句是说这些日子只是靠长镵挖找食物才能充饥活命。③黄独——俗称土芋，是一种野生植物，地下有块状茎，味苦涩，可入中药，也可食用。盛——大、多。这句说黄独苗被大雪掩盖，难以寻找。④挽——牵引、缠绕。此处指破敝的布块。胫（净 jìng）——指膝盖以下的小腿。⑤子——仍指长镵。这句说没有挖到黄独，只好扛着长镵空手而归。⑥男呻女吟——一家老小饥饿难忍，发出的痛苦呻吟。⑦歌始放——才放声高歌。⑧闾（驴 lú）里——即乡里，邻居。色——脸色。惆怅（愁唱 chóu chàng）——伤感，叹息。指邻居的同情。

剑　门①

惟天有设险②，剑门天下壮③。连山抱西南，石角皆北向④。两崖崇墉倚，刻画城郭状⑤。一夫怒临关，百万未可傍⑥。珠玉走中原⑦，岷峨气凄怆⑧。三皇五帝前，鸡犬各相放⑨。后王尚柔远，职贡道已丧⑩。至今英雄人，高视见霸王⑪。并吞与割据，极力不相让⑫。吾将罪真宰，意欲铲叠嶂⑬！恐此复偶然，临风默惆怅⑭。

【说明】杜甫在同谷住不到一个月，就在当年（乾元二年）十二月，挈家赴成都。在途中写下了十二首纪行组诗。这是途经剑阁时所写的一首。诗在惊叹剑门的地势险要后，议论了秦汉以来，中原统治者在蜀中拼命地搜刮财富，以致使天府之国变得贫困的历史状况。诗的最后一段担心历史上的割据局面可能重现，并叹息自己对这一切又无能为力。诗的言外之意，还在提醒朝廷，注意镇蜀的人选，不要施行苛政。

【解释】①剑门——在今四川省剑阁县。境内有大小剑山，因山石陡峭似剑，石崖对峙如门，故称剑门。悬崖上有栈道三十里。山高路险，为关中入蜀的必经之路。②惟——通唯。只有的意思。这句说只有上天才能设置出这样的险境。③壮——壮观。④石角——巨石的锋棱。这两句是写剑门一带的山势，写景中包含着杜甫的政治见解和态度。上句说连山环抱有利于分裂割据；下句说巨石斜向北方，好像是故意与中原为敌。这就是篇末"意欲铲叠嶂"的根由。⑤崇墉（庸 yōng）——高大的城墙。城郭——城指内城，郭指外城。这二句说剑门两边的山崖高耸，像互相紧靠的高墙，远看就像一座壁垒森严的城池。⑥傍（棒 bàng）——靠近。这两句即"一夫当关，万夫莫开"之意。以上写剑门地势的险要。⑦珠玉——指财富。中原——指黄河中下游地区。这里指朝廷所在地。这句说朝廷搜刮无厌，蜀中财富被运往中原。⑧岷峨——此处指蜀中。岷，即岷山，在四川西北部；峨，即峨眉山，在四川西部。凄怆——伤感，悲伤。古人有"珠玉所蕴，山川媚润"的说法，这句说蜀中既失珠玉，山川也为之气色凄怆。诗人以此影射四川人民的苦难。⑨三皇——传说中的远古帝王，实际上是象征性的人物。一般指燧（岁 suì）人、伏羲（西 xī）、神农。五帝——传说中的上古帝王，一般指黄帝、颛顼（专虚 zhuān xū）、帝喾（库 kù）、唐尧、虞舜（于顺 yú shùn）。这两句说上古之时，四川未通中原，民风淳朴，人们不分彼此，鸡犬放在外面也不会丢失。⑩后王——指夏、商、周三代的君王。柔远——指统治者对边远地区采取的安抚怀柔政策。职贡——按规定向朝廷交纳的赋税和进献的贡物。道——即"鸡犬各相放"的淳朴之道。丧——丧失。这二句是说：尽管三皇五帝以后的帝王对四川采取了一些安抚政策，但因为规定了纳税进贡的制度，使四川的上古淳朴之风便失去了。⑪英雄人——讽刺秦汉以来争王夺霸的野心家。高视——野心极大的意思。见——产生。这二句说：有些人因看到蜀中地势险要，产生了割据称霸的野心。⑫这二句说四川境内一些野心家互相并吞割据，拼命厮杀，给人民带来无穷的灾难。⑬罪——问罪。真宰——指天帝。叠嶂（帐 zhàng）——连绵不断的崇山峻岭。指剑门山。这二句的意思是：我真想问罪上天，削平剑门，使野心家们无险可据。⑭此——指图霸者的割据。复偶然——再一次地偶发。惆怅（仇唱 chóu chàng）——伤感。这二句意为：铲除剑门，消除隐患毕竟是幻想，争王图霸者很可能会又一次出现。对此自己是无能为力，只好临风长叹，空怀惆怅。

蜀　　相①

丞相祠堂何处寻②？锦官城外柏森森③。映阶碧草自春色，隔叶黄鹂空好音④。三顾频烦天下计⑤，两朝开济老臣心⑥。出师未捷身先死⑦，长使英雄泪满襟⑧。

【说明】这首诗是上元元年（760）的春天，杜甫初到成都游武侯祠时所作。这是一首七律，首联自问自答，写武侯祠的所在地；颔联写祠堂内的景物，有感物思人之意；颈联写诸葛亮的雄才大略和忠贞之心，流露出作者的仰慕之情；尾联痛惜诸葛亮大功未成，感情沉挚，为千古传诵的名句。这首诗写在他仕途失意，弃官入蜀之后，当时安史之乱未平，国难仍殷，他在诗中对"鞠躬尽瘁，死而后已"的诸葛亮推崇备至，是有深刻的寓意的。

【解释】①蜀相——东汉建安二十六年（221），刘备在蜀称帝，国号为汉（后人称蜀汉），以诸葛亮为丞相，故称蜀相。②丞相祠堂——即诸葛亮庙，是东晋时李雄所建。今名武侯祠，

杜甫诗选注（普及本）

在四川省成都市。这句是设问，说明杜甫是专程拜谒的。③锦官城——又简称锦城，三国蜀汉时管理织锦的官府驻此，因以得名。在今成都市南。柏森森——形容祠堂内柏树长得茂盛。传说祠前的柏树是诸葛亮亲手种植。④碧草——春天的嫩草。黄鹂——也称黄莺，是一种鸣声动听的小鸟。这二句说：台阶前的芳草一片碧绿，但只是自成春色；密叶间的黄鹂叫得很动听，也不过空作好音。两句反衬出诗人杜甫对诸葛亮的怀念心情。⑤三顾——指刘备亲自到隆中访问诸葛亮，"三顾草庐"的故事。频（贫 pín）烦——即频繁。即多次访问的意思。天下计——统一天下的计策。刘备三次拜访诸葛亮于草庐之中，向他谘询统一天下的策略，终于使蜀国与魏、吴成三足鼎立之势。⑥两朝——指蜀主刘备和刘禅父子两代。开济——开创基业，匡济危时。诸葛亮先佐刘备创业，后佐刘禅支撑危局，一生竭尽忠心于刘氏父子。⑦师——兵师。出师即出兵。公元234年，诸葛亮率师伐魏，兵出五丈原（今陕西省郿县），与司马懿的军队在渭南相持百余日，病死军中。⑧这句说诸葛亮之死，使诗人自己，同时也使后代的英雄和有志未遂之士深感惋惜，为之泪满衣襟。如南宋初爱国将领宗泽病危时，没有谈论一句家中的事，唯吟诵"出师未捷身先死，长使英雄泪满襟"而卒。即可见此诗对后代的影响。

江　村

清江一曲抱村流^①，长夏江村事事幽^②。自去自来堂上燕，相亲相近水中鸥^③。老妻画纸为棋局，稚子敲针作钓钩^④。但有故人供禄米^⑤，微躯此外更何求^⑥？

【说明】这首诗作于上元元年（760）的夏天。这时，杜甫靠着亲友的资助，在成都的浣花溪畔得到了一个安家之地，建成草堂数间，生活比较安定，再加上浣花溪畔幽美安静的环境，使饱经忧患的杜甫，感到惊魂稍定，心情暂时轻松起来。这首诗就是表现了杜甫这种悠然自得的心情。在杜甫的诗集中，这种轻松愉快、潇洒流畅的作品是不多见的。

【解释】①清江——江指浣花溪。因水非常澄净，故称清江。抱——环绕。这句说清澈的浣花溪弯弯曲曲地绕着村子流过。②长夏——夏天白日长，故称长夏。这句说长长的夏日里，江村里的每一件事都显得格外安闲。③堂上——草堂内。上句说村内的草舍里，燕子自由自在地飞进飞出；下句说江中的沙

杜甫诗选注（普及本）

鸥成群结伙地嬉戏着，和气无争。④棋局——即棋盘。这两句说老妻正在纸上画棋盘，小儿子把针弯成钓鱼钩。⑤但有——犹但得。故人——亲戚和老友。禄——古代官吏的俸给。⑥微躯——犹言贱体。是作者的自谦。此——指禄米。这两句的意思是，只要有友人从他们的俸禄中资助点粮食，在江村这样的优美环境里，我另外还能有什么要求呢？

狂　　夫

万里桥西一草堂①，百花潭水即沧浪②。风含翠筱娟娟净，雨浥红蕖冉冉香③。厚禄故人书断绝④，恒饥稚子色凄凉⑤。欲填沟壑惟疏放⑥，自笑狂夫老更狂⑦。

【说明】这首诗是上元元年（760）的夏天，杜甫闲居成都草堂时所作。诗先细腻地描写了幽美宜人的草堂环境，接着调转笔锋，又用凄凉的情调写出了生活的艰难清苦，最后归到坚持节操，没有因生活的穷困而改变自己的素志，去逢迎和乞求别人。

【解释】①万里桥——在成都南门外，是当年诸葛亮送费祎出使东吴的地方。杜甫的草堂就在万里桥的西面。②百花潭——在浣花溪南，杜甫草堂在其北。沧浪——即汉水支流沧浪江，古代以水清澈闻名。传说孔子到楚国，听到一个小孩在唱："沧浪之水清兮，可以濯我缨。"这句是说浣花溪水就像清澈的沧浪江水一样，是居住的好地方。③筱（小 xiǎo）——细小的竹子。翠筱即绿竹。娟娟——秀美之态。净——竹色光洁。浥（义 yì）——湿润。红蕖（渠 qú）——粉红色的荷花。冉冉（染 rǎn）——阵阵地。冉冉香就是阵阵地散发着清香。这两句写微风细雨中草堂附近的景色。上句风中有雨，下句雨中含风，交相成趣。④厚禄——优厚的俸禄，指高官。书——书信。⑤恒饥——长时间地挨饿。稚子——幼小的儿女。色凄凉——面带可怜相。⑥欲——将要。填沟壑（贺 hè）——把尸体扔到山沟里去。这里指穷困潦倒而死。疏放——疏于礼节，狂放不羁。这里也有敢于批评人物，议论时政的意思。这句说尽管家境穷得都快把人饿死了，还是一味疏放，不改变自己的本性去奉承别人。⑦狂夫——杜甫自称。这句是自我解嘲，越是到了老年，越是生活贫困，越是傲骨嶙峋。

杜甫诗选注（普及本）

恨　　别

　　洛城一别四千里^①，胡骑长驱五六年^②。草木变衰行剑外^③，兵戈阻绝老江边^④。思家步月清宵立^⑤，忆弟看云白日眠^⑥。闻道河阳近乘胜^⑦，司徒急为破幽燕^⑧！

　　【说明】这首诗作于上元元年（760）的夏天。杜甫在成都听到平定安史之乱的战争取得了一些重大胜利，百感交集。诗从首联就用了对仗，把战乱、漂泊、离别、思亲和渴望祖国早日复兴的热切愿望层层推出，给人一气贯注的感觉。全诗无一句明说恨，却句句充满着恨。

　　【解释】①洛城——洛阳城。杜甫生于洛阳附近的巩县，并在洛阳生活多年，这里也是他的故乡。四千里——指洛阳至成都间的距离。这句是从空间上写离别家乡的恨。②胡骑（奇qí）——少数民族的骑兵。这里指安史之乱的叛军。五六年——安史之乱自天宝十四载（755）至此已满五年，进入第六个年头。当时洛阳尚未收复，这句是从时间上写离别家乡的恨。

③草木变衰——指冬天。剑外——即蜀中，剑门之南称剑外。这句是回忆乾元二年（759），在草木凋零的冬天经剑门入蜀的情景。④兵戈——指战乱。阻绝——阻挡隔绝。江——指流经成都的锦江。这句是说家乡沦陷，无法回归，只好在锦江边客居下去。⑤步月——月下漫步，徘徊。古人常望月怀乡。清宵立——彻夜不眠，站到天亮。⑥看云——浮云无定，古人常以云比喻游子。故看云也表示思念亲人。⑦河阳——洛阳外围重镇。在今河南省孟县西。近乘胜——这年四月，李光弼的部队破史思明于怀州、河阳一带，秋天收复了怀州（今河南省沁阳县）。⑧司徒——古代官职。这里指李光弼，当时任检校司徒。急为——尽速的意思。破——攻破、攻取。幽燕——安史叛军的巢穴幽州一带。幽州古为燕地，当时史思明自立为大燕皇帝于此，故称幽燕，大约在今河北省怀来、永德，北京市房山以东等地区。这两句意为：听到我军近来在河阳等地取得胜利的消息，急切地盼望司徒李光弼再接再厉，乘胜进军，直捣叛军老巢幽州。

野　老

野老篱边江岸回①，柴门不正逐江开②。渔人网集澄潭下③，估客船随返照来④。长路关心悲剑阁⑤，片云何意傍琴台⑥？王师未报收东郡⑦，城阙秋生画角哀⑧。

【说明】这首诗是上元元年（760）秋天，在浣花溪草堂所作。前四句描绘了草堂门前所见到的景物，后四句由自身飘零而联想到国家的危难。

【解释】①野老——杜甫自称。一则无官职，二则草堂在成都城外，故自称野老。江岸回——江岸曲折。②逐江——面对江水。这句说江岸纡回，柴门取自然之势对江而开。③网集——张网捕鱼。澄潭——澄清的水潭，指百花潭。④估客——商人。返照——落日的余晖。这句说许多商船披着夕阳的光辉，赶来停泊于浣花溪畔。⑤长路——遥远的道路。剑阁——即剑门关，在川北，是四川通中原的险隘。这句意为时刻想北归中原，但路途遥远，而最令人担心的还是剑阁能不能通行无阻。⑥片云——即孤云。杜甫晚年像孤云那样飘荡不定，故常以自喻。何意——无意或岂料。傍——靠着。琴台——在今成都市。传说是西汉时司马相如和卓文君卖酒的地方。这里是用琴台比成都。这句表示留在成都是不得已的事情。⑦王师——皇帝的军队。收——收复。东郡——指东京洛阳及附近诸郡。当时平定安史之乱的战争虽然取得了一部分胜利，但杜甫家乡所在的东都洛阳，在乾元二年复为史思明所陷，当时尚未收复。说明虽想回故乡，却不得不暂时留在成都的缘故。⑧城阙（却 què）——指京城。至德二年（757），以成都为南京。这里城阙指成都城。秋生——秋天来临。画角——古代军中的乐器，形如竹筒，外面涂有彩色，故称画角。其声音哀厉高亢。

客　至　喜崔明府相过

舍南舍北皆春水①，但见群鸥日日来②。花径不曾缘客扫，蓬门今始为君开③。盘飧市远无兼味，樽酒家贫只旧醅④。肯与邻翁相对饮，隔篱呼取尽余杯⑤。

　　　　杜甫诗选注（普及本）

【说明】 这首诗大约作于上元二年（761）春天。诗题下原注："喜崔明府相过。"明府，是唐人对县令的尊称。相过，就是来访。崔明府的具体来历不详，杜甫母亲姓崔，这位客人可能是他的母姓亲戚。这首诗就是写杜甫接待客人的欢乐场景。诗采用第一人称，词句质朴晓畅，自然亲切，与内容非常协调，形成一种淡雅的情调，与杜甫其他律诗字斟句酌的风格迥然不同。

【解释】 ①舍——房舍。指成都浣花溪畔的草堂。②但见——只见。这句说草堂前后每天都有很多沙鸥飞来飞去。言外之意说因生活穷困，交游冷淡，很少有客人来访。③花径——花木间的小路。缘——因为。蓬门——即柴门。君——指崔明府。这两句说：门前的花间小路很少因为迎接客人而清扫，今天才开门扫径，欢迎崔明府的到来。这里既表示了对客人的看重，又流露出主人的欣喜心情。④盘飧（孙 sūn）——飧是熟食。盘飧指盘子里的菜肴。兼味——各种味道的菜食。无兼味，就是说菜不多。原因是草堂僻在城外，离街市太远。樽（尊 zūn）——古代酒器。旧醅（胚 pēi）——醅是未经过滤酒。旧醅是隔年的酒。古人爱喝当年酿造的新酒。⑤呼取——犹如唤得。这二句说，如果客人愿意的话，就把邻居老翁隔着篱笆喊来作陪，我们在一起痛痛快快地把酒喝光。

茅屋为秋风所破歌

八月秋高风怒号，卷我屋上三重茅。茅飞渡江洒江郊，高者挂罥长林梢①，下者飘转沉塘坳②。

南村群童欺我老无力，忍能对面为盗贼③，公然抱茅入竹去④，唇焦口燥呼不得⑤！归来倚杖自叹息。

俄顷风定云墨色⑥，秋天漠漠向昏黑⑦。布衾多年冷似铁⑧，娇儿恶卧踏里裂⑨。床头屋漏无干处，雨脚如麻未断绝⑩。自经丧乱少睡眠⑪，长夜沾湿何由彻⑫？

安得广厦千万间⑬，大庇天下寒士俱欢颜⑭，风雨不动安如山！呜呼⑮！何时眼前突兀见此屋⑯？吾庐独破受冻死亦足！

【说明】上元二年（761）秋八月，怒号的秋风卷走了杜甫浣花溪畔草堂上的茅草，晚上又下了一场大雨，把床上都淋湿了。面对这苦难的处境，杜甫不只是哀叹自己的遭遇，而是进一步联想到普天下还有千千万万个和自己同样不幸的人。这首歌行体的古诗，句子长短不齐，给人以参差错落的感觉；每一段的句数不等，用韵也不相同，第一、二段各押一个韵，三、四段却都换了两次韵。杜甫有意这样作，正是为了表现坎坷的生活和悲愤的心情。

【解释】①高者——指被风卷到空中去的茅草。挂罥（绢juàn）——悬挂。长林——高树林。②塘坳（傲 ào）——池塘深处。③忍能——竟然忍心这样做。④入竹去——跑进竹林。⑤呼不得——喝止不住。杜甫年近，又隔着一条河，顽童们就更不怕他的呵斥。⑥俄顷——不久，顷刻之间。云墨色——云黑如墨，大雨将临。⑦漠漠——下大雨时迷蒙阴沉的样子。向——接近。向昏黑就是天快黑了。⑧布衾（亲 qīn）——棉布被子。这句说盖了多年的旧被子，棉花都板结了，压在身上像铁板一样又冷又硬。⑨恶卧——指睡相不好。这句说稚子睡时双脚乱蹬，把被里都蹬得破裂了。⑩雨脚如麻——形容密雨。未断绝——还正在下。⑪丧乱——指安史之乱。⑫彻——指天亮。何由彻？是说如何才能熬到天亮呢？⑬安得——怎样才能得到？广厦——高大的房屋。⑭大庇（必 bì）——全部遮盖、保护起来。寒士——挨冻的人。俱欢颜——都喜笑颜开。⑮呜呼——感叹词。⑯突兀（物 wù）——形容想象中的广厦高耸的样子。

百忧集行①

忆年十五心尚孩②，健如黄犊走复来③。庭前八月梨枣熟，一日上树能千回④。即今倏忽已五十⑤，坐卧只多少行立。强将笑语供主人⑥，悲见生涯百忧集⑦。入门依旧四壁空⑧，老妻睹我颜色同⑨。痴儿不知父子礼⑩，叫怒索饭啼门东⑪。

【说明】这首诗作于上元二年（761）。年过半百的杜甫，回忆起少年时期的一些生活片段，联想到现今年迈体衰，壮志未酬，政治上没有出路，生活上没法维持，而前途又十分渺茫，所以百感交集，忧心忡忡。诗题《百忧集行》，即由此而来。

【解释】①行——古诗的一种体裁。②心尚孩——即童心，孩子气。③黄犊（独 dú）——小黄牛。走复来——跑来跑去。这句在写出少年时的欢乐之外，还突出了当时的身体健壮，与下面的年迈体衰相对比。④千回——形容次数多。⑤即今——

到如今。倏（书 shū）忽——极快地、瞬间。⑥强（抢 qiǎng）将笑语——勉强作出笑语。主人——泛指杜甫曾向之求过援助的人。这句说杜甫穷途作客，乞求于人，心里明明有说不尽的苦处，却还得强作笑语。⑦生涯——生活道路。⑧入门——回到家。四壁空——家徒四壁，一无所有。这句说尽管百般迁就，仍然得不到人家的援助，回家来屋内空空如也。⑨睹——看。颜色同——同样是满面愁容。⑩痴儿——犹如娇儿，这里有怜其无知的意思。⑪索饭——要吃饭。门东——古时候厨房之门在东面。

不　　见　近无李白消息

不见李生久①，佯狂真可哀②。世人皆欲杀③，吾意独怜才④。敏捷诗千首⑤，飘零酒一杯⑥。匡山读书处⑦，头白好归来⑧。

【说明】这是杜甫怀念李白的最后一首诗，题下有自注"近无李白消息"。诗当作于上元二年（761），当时杜甫在成都。诗中表达了对李白的同情和忧思，并期待李白在晚年能结束飘零生活，回到四川来。但次年，李白就死在安徽当涂县了。

【解释】①李生——指李白。杜甫同李白在天宝四年（745）于山东兖州分手后，一直未能见面，至此已有十六年了。故说：不见久。②佯狂——假作癫狂。李白常以佯狂纵酒，来表示对污浊世俗的不满。③李白曾因参与永王李璘幕府，而系狱浔阳，不久又流放夜郎，后虽遇赦得释，但世人仍多认为他是犯有叛逆之罪的，所以当时不少人觉得李白该杀。④才——文才、诗才。这句的意思中有，杜甫虽然认为李白无辜，但又不能从政治上为其辩护，只好提出李白的诗才来，表示惋惜。⑤这句说，李白诗才敏捷。⑥飘零——指一生漂泊，生活坎坷。酒一杯——指李白嗜酒，以酒消愁。⑦匡山——指四川彰明县（今江油县）境内的大匡山，李白早年曾读书于此。⑧头白——指年岁已老，李白这年六十一岁。这句是诗人的盼望。杜甫这时在成都，李白如返回匡山，久别的老友就可以相见了。

江上值水如海势，聊短述①

为人性僻耽佳句，语不惊人死不休②！老去诗篇浑漫与③，春来花鸟莫深愁④。新添水槛供垂钓，故著浮槎替入舟⑤。焉得思如陶谢手，令渠述作与同游⑥！

【说明】这首诗是上元二年（761）在成都草堂所作。主要是谈他的创作经验，一向严肃创作，炼字熔句，刻意求工；老来诗境成熟，得心应手。但他并不满足于已取得的成绩，还要继续向前人学习，争取在艺术上达到更高的境界。诗题说江水暴涨如海，景虽奇但无佳句，只好短述。杜甫当时也许是打算写一首长诗的。

【解释】①值——逢、遇到。聊——姑且。②为人——即处世、生活的态度。性僻——性格偏好，不与众同。这里有自谦的意思。耽（丹 dān）——喜好过度，沉溺其中。佳句——好的诗句。这二句是自道创作经验，可见杜甫作诗的用心。意思是：我平生最大的爱好是力求写出好诗，如果写不出惊人的诗篇，我死也不肯罢休。③老去——到了老年。浑——完全。漫与——随意抒写。这句说如今年老力衰，写诗已不像过去那样苦心琢磨，而是随意写出。杜甫老年作诗并不轻率，只不过由于功夫深了，动起笔来更加得心应手罢了。④这句承上句而来，愁，是指花鸟说的。意思是：诗是随便写出来的，所以春天的花鸟用不着担心害怕。言外之意是如果我精心刻画，就会巧夺天工，使花鸟为之失色。⑤新添——近来做成的。水槛（见jiàn）——水边的木栏。故——因。著——安置。浮槎（茶chá）——漂在水上的木筏。这二句说可凭着新近做成的木栏垂钩钓鱼，因为到处是水，就扎了一个木筏子代替小船使用。由此可见水势之大。⑥焉得——安得、怎样能得到。思——才思。陶谢——指魏晋南北朝时期的诗人陶渊明和谢灵运。这二人都善长描写景物。手——这里指写作的本领，犹"大手笔"。令——让。渠——他们。述作——写作。

江畔独步寻花七绝句 (录二)

其六

黄四娘家花满蹊，千朵万朵压枝低^①。留连戏蝶时时舞，自在娇莺恰恰啼^②。

【说明】 这组诗当是宝应元年（762）春，杜甫在成都所作。组诗以花为主题，抒发了杜甫对美好事物的热爱和向往。诗中夹入了一些方言土语，采用了一些民歌的表现手法，充满着民歌风味。这里选录的是第六、七两首。

【解释】 ①黄四娘——具体身份不明，可能是杜甫浣花溪畔草堂附近的邻居。唐代以姓氏后加行第为尊称，妇女则在行第后再加一娘字。蹊（西 xī）——小路。压枝低——因花多把树枝都压弯了。这二句写黄四娘家的花多，鲜花满路，繁英压枝。②留连——即往返留恋，不忍离去。恰恰——正好或适时。这二句说：彩蝶在花间翻飞，流连忘返；黄莺也适逢作者前来寻花的时候婉转地叫了起来。

其七

不是爱花即欲死^①，只恐花尽老相催^②。繁枝容易纷纷落，嫩蕊商量细细开^③。

【解释】①这句意为：如果不是爱花，我就不要活了。也就是爱花爱得要命的意思。②老相催——催人衰老。这句意思接上句而来，是说只恐春老花残，无花可爱，那时又要感到衰老在催人。③嫩蕊——未开的花，即花苞。这二句的意思是：已经盛开的花不耐久，很快就要败落了；所以希望待放的花蕾能商量一下，慢慢地相继开放，让我这爱花如命的人能多赏玩一些时候。

赠 花 卿

锦城丝管日纷纷^①，半入江风半入云。此曲只应天上有，人间能得几回闻^②？

【说明】这首诗大约作于上元二年（761）。花卿，指花敬定。卿，是对地位和年辈较低的人的一种客气称呼。花敬定是当时成都尹崔光远的部将，曾在平定梓州刺史段子璋叛乱中立功。这首诗可能是在花敬定举行的一次宴会上即兴之作。

【解释】①锦城——即锦官城，指成都。丝管——弦乐器和管乐器，这里泛指音乐。这句说乱事戡定后的成都，主将大张筵席，尽情作乐。②这二句说：这样美妙的乐曲，只有天上的仙境里才有，人间可不容易听到。

送韩十四江东省觐①

兵戈不见老莱衣②，叹息人间万事非③！我已无家寻弟妹④，君今何处访庭闱⑤？黄牛峡静滩声转⑥，白马江寒树影稀⑦。此别应须各努力⑧，故乡犹恐未同归⑨。

【说明】这是上元二年（761）杜甫在成都所作。这首诗写的是杜甫与同乡在惜别时的同病相怜的感情。杜甫先感叹安史之乱给家庭和社会带来的灾难，又关心地指出对方去路的重重艰险，最后两句虽然流露出伤感和担忧，却仍然表示对彼此的未来没有失去信心。全诗写得恳切热情，是送别诗中的佳作。

【解释】①韩十四——是杜甫的同乡，姓韩，十四是他在兄弟中的行第。这是唐朝人习惯用的尊称。江东——长江下游地区。省觐（进jìn）——探望父母。②兵戈——指安史之乱。老菜衣——传说春秋时有个孝子叫老菜子，七十多岁的时候，为了使他的父母高兴，还穿花花绿绿的童装，做出婴儿的样子。③万事非——所有的事情都反常了。④无家——即无处。⑤君——指韩十四。访——寻找，探访。庭闱（维wéi）——父母的住所，这里代指父母。⑥黄牛峡——在湖北省宜昌县西，三峡中的险滩，韩十四去江东所经。滩声转——水道曲折，滩险流急，水声在耳边回响。⑦白马江——也是韩十四去江东将要路过的地方。⑧各努力——彼此保重的意思。⑨韩十四是不是回到了故乡，我们不得而知，至于杜甫自己，果然不出他自己所料，是死在异乡湖南的。

戏为六绝句

其一

庾信文章老更成①，凌云健笔意纵横②。今人嗤点流传赋③，不觉前贤畏后生④。

【说明】 这组诗大约写于宝应元年（762）。在我国文学史上，用绝句这种体裁论诗，这是首创。这组诗是杜甫针对当时所存在的文人相轻、重古薄今等弊病所做的深刻批评，也是杜甫谈自己的学习和创作体会。这是一组用诗歌写成的文学批评论文，在中国文学批评史上是极有价值的文献。

【解释】 ①庾信——南北朝时期的著名诗人。成——成熟。这句说庾信的文章到了老年就更加成熟了。②凌云健笔——高超雄健的笔力。意纵横——是说文思如潮，文笔挥洒自如。这句是说庾信写文章的功力和达到的境界。③今人——与杜甫同时的一些人。嗤（吃 chī）点——讥笑、指责。赋——兼具诗歌和散文特点的一种文体。流传赋，指庾信流传下来的文章，如有名的《哀江南赋》等。④前贤——指庾信。畏后生——即孔子说的"后生可畏"之意。但这里是一句讽刺话，意思是从今天有些人对庾信文章的非薄看来，如果庾信今天还活着，那他真的要感到"后生可畏"了。这里的"庾信"，也可能是兼有杜甫自己在内。

其二

王杨卢骆当时体①，轻薄为文哂未休②。尔曹身与名俱灭③，不废江河万古流④。

【解释】①王杨卢骆——指王勃、杨炯（窘 jiǒng）、卢照邻、骆宾王。这四人都是唐朝初期有名的作家，号称"初唐四杰"。当时体——那个时候文章的体裁和风格。这句说王、杨、卢、骆的文章，代表初唐时期的风格。②轻薄——浅薄而不慎重的人。哂（审 shěn）——讥笑。这句说轻薄文士们对四杰的文章不断地加以嘲笑和攻击。③尔曹——即你们。不客气的称呼，犹如尔等。这句说你们只知道以轻侮前贤来抬高自己，但并无真才实学，活着的时候叫叫嚷嚷，死后也就无声无息了。④不废——不影响。江河——指长江黄河。这里比喻包括四杰在内的所有优秀作家。这句是说无损于这些名家，他们的名字和作品将像长江黄河那样万古长流，永传后世。历史的事实，正是这样证明着的。这里说的四杰等人，也兼有杜甫自己在内。

其三

纵使卢王操翰墨①，劣于汉魏近风骚②。龙文虎脊皆君驭③，历块过都见尔曹④。

【解释】①纵使——即使。卢王——卢是卢照邻，王是王勃。这里也即指王、杨、卢、骆四杰。操翰墨——即持笔墨，指写作。②劣于——低于。汉魏——指汉魏时期有名的作家。风骚——风指《诗经》中的《国风》，这里指《诗经》；骚指屈原的《离骚》，这里指《楚辞》。这句意为：即使四杰的作品不及汉魏时期的作品那样接近《诗经》和《楚辞》，但自有它的特色和价值，不可轻视。③龙文、虎脊——是汉代两匹著名良马的名字。这里也是比喻四杰。君——指帝王。帝王是不使用劣马的。驭（玉 yù）——骑乘，驱使。这句说四杰都是非凡人才，文章大家。④历块过都——意思是良马跨越一个国都，就好像迈过一个小土块那样。即骏马善走之意。尔曹——仍指晒笑四杰的轻薄之士。这句是说：你们看不起四杰，但到了真正写文章的时候，就会感到自己眼高手低，才力远远不及前贤了。

其四

才力应难跨数公①，凡今谁是出群雄②？或看翡翠兰苕上③，未掣鲸鱼碧海中④！

【解释】①跨——超越。数公——指庾信和王、杨、卢、骆。公是对人的尊称。这句说当时一般的文人才力薄弱，超不过庾信、四杰等前人。②凡今——当今。这句说当今谁是超群出众的大作家呢？③或看——间或、偶然可以看到。翡翠——一种美丽小巧的鸟。兰苕（条 tiáo）——一种香草。这句说：当时的诗人中，尚不乏一些笔力纤巧的作家。④掣（彻 chè）——制服，捕捉。鲸鱼——海洋里最大的鱼（水栖哺乳动物）。这句说当时的诗歌创作中，很难看到笔力雄健的作家。这首诗的最后两句，指出了当时文人在创作中工于摹写景物，研揣声病，追求纤巧，而缺乏气魄壮丽，格局宏大，能反映重大社会题材的作品。其实这一点正是杜甫的擅长，杜甫在这里有"夫子自道"的意思。

其五

不薄今人爱古人①，清词丽句必为邻②。窃攀屈宋宜方驾③，恐与齐梁作后尘④。

【解释】①今人——当代作家。古人——古代作家。针对当时那种盲目厚古非今的现象，杜甫认为，不论对屈、宋、汉、魏、齐梁文人、初唐四杰或者同时代的诗人，都应该给以合理的评价和应有的尊崇。②必为邻——一定要引以为邻居，即不应排斥的意思。这句是说，不论是今人的作品还是古人的作品，只要有清词丽句就应该给以应有的肯定。③窃攀——高攀、追攀。屈宋——指楚国伟大诗人屈原和宋玉。方驾——并车而行。这以下又是对轻薄文士说的：你们一心要高攀屈原、宋玉，与他们齐名，这无可非议，但应当具有和他们并驾齐驱的能力。④齐梁——南朝的两个朝代，以文风浮艳、重形式轻内容为特色。后尘——行进时后面扬起的尘土，比喻在他人之后。这句紧承上句，是说如果不那样的话，尽管你们看不起齐梁文风，恐怕还得落在他们的后面呢！

其六

未及前贤更勿疑①，递相祖述复先谁②？别裁伪体亲风雅③，转益多师是汝师④！

【解释】①未及——赶不上。前贤——包括庾信、四杰在内的前代有成就的作家。更勿疑——丝毫不用怀疑。这句是不客气地直告那些没有自知之明的轻薄之辈，他们肯定比不上那些为他们所看不起的前代作家。②递相祖述——代代相传，继承前人的优秀传统。复先谁——不用分谁先谁后。这句说凡是前贤的长处都要学习，不必妄分高下，自拘门户。③别裁伪体——区别和裁汰形式内容都不好的诗。亲——亲近，学习。风雅——《诗经》中的《国风》和《大雅》《小雅》，其中有许多是我国最早的、最优秀的现实主义作品。这句的意思是：向前贤学习或继承文学遗产时，要区别精华和糟粕，特别是对《风》《雅》这样的优秀作品，更要好好地学习。④转益多师——多方面地寻找老师。这句是说：如能坚持多方面而又虚心地向前贤学习，老师就会越来越多，而这种态度也就是你的真正的老师。

杜甫诗选注（普及本）

春 夜 喜 雨

好雨知时节，当春乃发生①。随风潜入夜，润物细无声②。野径云俱黑③，江船火独明。晓看红湿处，花重锦官城④。

【说明】这首诗作于宝应元年（762）春天，杜甫这时居成都草堂。从上年的冬天到这年的二月间，成都一带有旱灾，所以杜甫是怀着欣喜的心情来写这场春夜细雨的。诗从听觉写到视觉，从当夜写到明晨，结构严谨，描写细腻，情调明快，诗中没有一个喜字，却处处透露出喜悦的气息。

【解释】①时节——时令，节气。说雨知时节，是一种拟人化的写法。乃——即、就的意思。这二句说春天正需要雨，雨就来了，就好像雨知道节气的需要一样。②这二句写春夜里，在人们不知不觉的时候，细雨悄悄地来临，无声无息地滋润着万物。"潜""细"二字，极见杜甫炼字的功夫。③野径——乡间小路。俱黑——全是黑的，指雨意正浓，一时不会停止。

④红湿处——雨水湿润的一丛丛花枝。花重——沾满了水分的花显得沉重。在这里，重字作及物动词用，它的宾语就是锦官城。"重"字也可以作这样的理解：被春雨湿润的千红万紫，把锦官城装点得分外妖娆。这两句正是实写好雨润物之功的。旱情之解除，也就不在话下了。杜甫以《喜雨》为题的诗，这首外，还有三首，全都和忧旱有关，这表明诗人的心情是和人民息息相关的。

遭田父泥饮，美严中丞①

步屧随春风②，村村自花柳③。田翁逼社日④，邀我尝春酒。酒酣夸新尹⑤："畜眼未见有⑥。"回头指大男⑦："渠是弓弩手⑧。名在飞骑籍⑨，长番岁时久⑩。前日放营农⑪，辛苦救衰朽⑫。差科死则已⑬，誓不举家走⑭。今年大作社⑮，拾遗能住否⑯？"叫妇开大瓶⑰，盆中为吾取⑱。感此气扬扬⑲，须知风化首⑳。语多虽杂乱，说尹终在口㉑。朝来偶然出㉒，自卯将及酉㉓。久客惜人情㉔，如何拒邻叟㉕？高声索果栗㉖，欲起时被肘㉗。指挥过无礼㉘，未觉村野丑㉙。月出遮我留㉚，仍嗔问升斗㉛。

【说明】这首诗是宝应元年（762）春，在成都草堂所作。当时严武任成都尹兼御史中丞，他是杜甫的旧交老友，在生活上对杜甫颇多关照，二人过从甚密，互有诗作赠答。这一首诗具体叙述了杜甫被一位农民盛情相邀饮酒的情景，通过农夫之口颂扬了"政绩卓著""颇得民心"的严武。诗中对老农的热情豪爽、朴实正直，描写得十分真切生动。同时反映出诗人和劳动人民之间那种亲密友好的融洽关系。这在文学史上是罕见的。

【解释】①遭——不期而遇。泥饮——热情地缠着对方喝酒。美——赞美。②屧（谢 xiè）——鞋。步屧——行步。③这句写郊外春色，到处花红柳绿。④田翁——老农夫。逼——临近。社日——古时祭土地神的节日，祭祀以祈丰年，一年两次，即春社、秋社。春社在春分前后。⑤酒酣——有几分酒意的时候。新尹——指严武，因严武任成都尹不久，所以称"新尹"。⑥畜——同蓄。这句是说，从有眼以来从未见过这样的好官。⑦大男——大儿子。⑧渠——他。弓弩（努 nǔ）手——古时军中掌弓箭的射手。弩——是一种装有机关的弓。⑨飞骑（奇

qí）——唐代军队的一个兵种，要能骑马射箭。籍——名册。⑩长番——唐朝兵役制度，士兵轮番更替，长番则是长期服役，没有轮换的士兵。这两句指大儿子已当兵很久了。⑪放营农——从军队里放还回家务农。⑫衰朽——即衰老，这里是田翁自指。这句意思是，减轻了我的辛苦。⑬差科——指一切徭役赋税。死则已——到死为止。⑭举家——全家。这两句意思是：赋税再重，也情愿尽全力而为，全家绝不离开严武治辖的成都。⑮大作社——是说社日要大大热闹一番。⑯拾遗——田父对杜甫的称呼。因杜甫曾任左拾遗。⑰叫——是粗声大气地叫喊。⑱这两句写田父大声喊叫着快拿酒来，十分热情。⑲这句意思是为田父的这种得意扬扬所感动。此，指田父。⑳须知——要知道。风化首——意思是地方官的首要任务是重农爱民。㉑说——谈论，这里有赞颂的意思。尹——指严武。㉒朝——同早，清晨。㉓卯、酉——古时把一天分为十二时刻，早上五点到七点为卯时，下午五点到七点为酉时。㉔久客——指杜甫自己长期漂泊在外流寓作客。惜——珍惜。㉕拒——拒绝。邻叟——指田父。㉖索——索取，指田父。㉗被肘——被拉着胳膊不放。肘，这里用作动词，捉肘的意思。㉘指挥——指田父热情地强留杜甫，不让杜甫离去。"指挥"二字，一般用在大人物身上，这里用来描写老农，很形象，也很幽默。㉙村野——鄙野，相当于今天说的"老粗"。这句意思是，被田父的热情真率所感动，所以不觉其粗野了。㉚遮——遮拦。这句说，月亮都出来了，还拦着不让走。㉛嗔（chēn）——嗔怪，生气。升斗——古人饮酒以升斗计量。这句意思是，当杜甫最后问到今天喝了多少酒时，田父还生气。言外之意是，不必问，有的是酒，再痛饮几杯吧！

闻官军收河南河北

剑外忽传收蓟北①，初闻涕泪满衣裳②。却看妻子愁何在③？漫卷诗书喜欲狂④！白日放歌须纵酒⑤，青春作伴好还乡⑥。即从巴峡穿巫峡⑦，便下襄阳向洛阳余田园在东都⑧！

【说明】宝应元年（762）七月，严武入朝，杜甫亲自送往绵州（今四川省绵阳县），这时，剑南兵马使徐知道在成都反叛，杜甫为了避乱，没有回成都，而转赴梓州（今四川省三台县），秋天又把全家迎来梓州。广德元年（763）春，杜甫仍流寓梓州。这年正月，叛军首领史朝义自杀，叛军纷纷归降，历时八年之久的安史之乱到此结束。杜甫吃尽了战乱的苦头，一旦听到这个消息，真是欣喜欲狂，手舞足蹈，于是冲口而出唱出了这一首感情洋溢的七律名篇。诗中的杜甫千愁百虑一时消散，对美好的前程充满了希望。这首七言律诗如行云流水，一气贯注，自然明快，不见格律束缚，一变杜甫那种沉郁顿挫的风格，所以被前人评为杜甫的"生平第一首快诗"（快，指心情欢快）。

【解释】①剑外——剑门关以南的地方，也称剑南。当时杜甫在梓州，正处剑门西南。蓟（计 jì）——指蓟州，今河北省蓟县。蓟北——泛指河北北部，安史叛军的最后巢穴。②涕泪——这是痛定思痛，喜极而悲的眼泪。③却看——回看。看字读平声（kān）。④漫卷——胡乱地卷起来，指兴奋得读不下书了。⑤放歌——放声歌唱。纵酒——开怀痛饮。⑥青春——即指春天。这句意思是，春日还乡，一路上山青水绿，更增添了欢快的气氛。⑦巴峡——这里指嘉陵江上游，阆、白二水的江峡，曲折三曲，状如巴字，故称巴峡，又称巴江。杜甫在梓州动身，先要由涪（伏 fú）江入嘉陵江，所以说"即从"。巫峡——在四川省巫山县东，长江三峡之一，水道险窄，所以说"穿"。⑧长江出峡后至湖北境内水渐平顺，所以这里用"下"

字。襄阳——在今湖北省。从湖北襄阳向洛阳，又要换陆路，所以用"向"字。这两句是杜甫设想的还乡路线。那种急切心情和喜悦神态溢于言表。

有 感 五 首 (录一)

其三

洛下舟车入①，天中贡赋均②。日闻红粟腐③，寒待翠华春④。莫取金汤固⑤，长令宇宙新⑥。不过行俭德⑦，盗贼本王臣⑧！

【说明】这五首诗当作于广德元年（763）秋。都是针对当时的朝政时局而发表的政治见解，是逐时有感而作，不是一时写成，但都表达了诗人对国家大事的关注和忧虑。这里仅选了其中的第三首，当时有人提出迁都洛阳的建议，诗人表示反对。并讽谕执政者，国家的兴衰不在于迁都何处，而在于实行俭德爱民的政治。

【解释】①洛下——即洛阳。舟车入——指水陆交通的方便。唐代洛阳是中原一带水陆两路运输的枢纽。②天中——古人以洛阳为天下之中。贡赋均——指四方进贡纳赋，道路远近均等。③日闻——不时听到。红粟腐——指朝廷粮仓储粟之多，时久都发霉了。讽刺朝廷，只知聚敛钱粮，不知恤民。④寒——这里指寒民，穷苦百姓。翠华——天子的旌旗，代指皇帝。春——春风，这里当温暖。这句意思是：贫寒百姓急待朝廷放散储粟，以得温饱。⑤莫取——莫恃，不要依凭。金汤——即金城汤池，比喻城池坚固。这里是影射洛阳。⑥宇宙新——指国家政治清明万象更新，百姓安居乐业。⑦不过——只是。过读平声（guō）。意即只要能做到就行了。行俭德——实行节用爱民的办法。⑧这句是说：那些所谓"盗贼"本来也是皇帝的臣民。意思是，因为统治者剥削无度，才使老百姓被逼造反，成为盗贼。

将赴成都草堂，途中有作，先寄严郑公五首 (录一)

常苦沙崩损药栏①，也从江槛落风湍②。新松恨不高千尺，恶竹应须斩万竿③。生理只凭黄阁老④，衰颜欲付

　　　　　　　杜甫诗选注（普及本）

紫金丹⑤。三年奔走空皮骨⑥，信有人间行路难⑦。

【说明】广德二年（764）正月，杜甫由于生活无着，携家由梓州赴阆州，准备出峡，离开四川。二月，听到友人严武再次出任成都尹兼剑南节度使，并接到了严武的来信邀请。于是决定改变计划，重返成都。这一诗组就是由阆州还成都的途中所作的。严武于广德元年封郑国公，故称严武为严郑公。这里选了其中的第四首，写诗人途中想到在老朋友的资助下，可以重整草堂，过一段安居的日子了。诗中表达了诗人意外的欣喜和对严武的感激之情。第三、四两句，是有名的警句，含有象征意义。

【解释】①沙崩——指沙岸崩塌。药栏——指花圃的栏杆。②从——随着。江槛——杜甫在成都草堂临浣花溪筑有水槛，大约是护岸的堤栅一类。湍（tuān）——水的急流。落风湍——指江槛被风吹水冲而倾斜下沉。这两句是怀念草堂的一些设置，深恐已遭损坏。③这两句是说，草堂的花草竹木也需要修剪整治了。诗人还借此表达自己那种爱憎分明，亲善去恶的处世态度。④生理——生计。黄阁老——这里指严武。唐代属中书省和门下省的官员，相称为"阁老"。严武此时以黄门侍郎出任成都尹，故称"黄阁老"。⑤衰颜——衰老的面容，这里是杜甫自指。紫金丹——道家烧炼的丹药，传说食之可以延年益寿。这句是说，怕只有神药仙丹才能挽救我的衰老吧？⑥三年——指杜甫与严武分手以来的三年。宝应元年七月杜甫送严武离蜀还朝以后，自己漂泊梓州、阆州，到这时前后三个年头了。空皮骨——只剩下皮包骨头。极言生活之艰苦。⑦信有——想不到真有这样的事。行路难——古乐府有《行路难》曲，内容多表达为人处世的艰难。这两句的意思是，经过了三年的流离奔波，确实尝到人世间的痛苦。言外之意是，现在又可以得到友人的热情资助，生活稍可安定了。

绝 句 四 首 (录一)

两个黄鹂鸣翠柳①，一行白鹭上青天②。窗含西岭千秋雪③，门泊东吴万里船④。

【说明】这首诗是广德二年（764）春，初回草堂时写的，是杜诗中的写景佳作。这一四句皆对、一句一景的七言绝句，犹如一幅绚丽生动的彩画：黄鹂、翠柳、白鹭、青天，色调淡雅和谐，图像有动有静，视角由近及远，再由远及近，整个画面给人以既细腻又开阔的感受。结尾一句，也隐约流露出诗人当时意欲乘舟东下的打算。

【解释】①黄鹂——黄莺。②白鹭——即鹭鸶，羽毛纯白，能振翅高飞。③窗含——窗对雪山，好像口含一样。西岭——即雪岭，西岭白雪，常年不化。④东吴——指长江下游的江苏一带。当时在成都城外乘船，便可沿江东下至吴地。

绝句二首

其一

迟日江山丽①，春风花草香。泥融飞燕子②，沙暖睡鸳鸯③。

【说明】这也是杜甫复归草堂时所作。当"三年奔走空皮骨"之后，生活暂得安宁，觉得草堂暮春景色格外可爱，所以杜甫笔下的春天是充满盎然生气的。但对景感怀，总难抑制思乡之情，不免发出"何日是归年"的慨叹。

【解释】①迟日——春天的太阳。《诗经》："春日迟迟。"②因泥融，燕子衔泥做巢，故飞来飞去。③因沙暖，故鸳鸯贪睡。这四句写暮春景物，而愉快之情自见。

其二

江碧鸟逾白①，山青花欲然②。今春看又过，何日是归年③？

【解释】①逾——同"愈"，越，更加。②然——同"燃"。花欲然，花红得像火一般要燃烧起来了。这两句说：因江碧故越显得鸟之白，因山青故越显得花之红。③景色未尝不美，可惜不是故乡，所以反而引起漂泊之感。

登　　楼

花近高楼伤客心①，万方多难此登临②！锦江春色来天地③，玉垒浮云变古今④。北极朝廷终不改⑤，西山寇

　　　　　　　　　　杜甫诗选注（普及本）

盗莫相侵⑥！可怜后主还祠庙⑦，日暮聊为《梁甫吟》⑧。

【说明】此诗为广德二年（764）春作。诗借登临而深慨时事，取景壮阔，寓感深沉，虽写伤心，但无衰飒之气。故前人评曰："气象雄伟，笼盖宇宙。"是一首有名的七律诗。

【解释】①客——杜甫自谓。伤客心，即使客伤心。②这句说明上句，是倒装法。花近高楼，正好赏玩，却说伤客心，这是因为正当万方多难之秋的缘故。③锦江——岷江的支流，从四川郫县流经成都西南。春色来天地——意即天地之间无非春色。④玉垒——山名，在四川灌县西，成都西北。这句说，玉垒山上的浮云，犹如古今政局，时时变幻。⑤北极——北极星，比喻朝廷中枢。终不改——终究不能改，终于没有改。⑥西山寇盗——指吐蕃。这两句所写史实是：广德元年（763）十月吐蕃入长安，代宗出奔陕州。吐蕃立广武王李承宏为帝（做傀儡），改元，大赦，置百官，凡留十五日而退。十二月，代宗还长安，承宏逃匿草野，赦不诛。同月，吐蕃又陷松、维、保三州（在今四川省阿坝藏族自治州东部松潘、理县一带）及云山、新筑二城。因吐蕃曾一度立帝长安，故曰"朝廷终不改"。因朝廷终不能改，故警告吐蕃"莫相侵"。⑦后主——指刘备的儿子刘禅，他是三国时蜀后主。曹魏灭蜀，他辞庙北上，成了亡国之君。还祠庙——还有祠庙。这句大意是说，像蜀后主这样一个昏庸亡国之君，本不配有祠庙，然而由于刘备和诸葛亮对四川人民做过一些好事，人心不忘，所以还是有了祠庙，何况大唐立国，百有余年，即使万方多难，也绝不会就此灭亡。另一面，后主信任宦官黄皓终于亡国，故杜甫对信任宦官程元振和鱼朝恩的唐代宗，也给予尖锐的讽刺。⑧聊为——是不甘心这样做而姑且这样做的意思。《梁甫吟》——挽歌一类的歌曲。《三国志》说诸葛亮躬耕陇亩时"好为《梁甫吟》"，是说他欢喜唱这种曲子。这里的"梁甫吟"，即指这首《登楼》诗。

宿　　府

清秋幕府井梧寒①，独宿江城蜡炬残②。永夜角声悲自语③，中天月色好谁看④？风尘荏苒音书绝⑤，关塞萧条行路难⑥。已忍伶俜十年事⑦，强移栖息一枝安⑧。

【说明】这首诗为广德二年（764）在严武幕府任职时作。严武于是年再度镇蜀，六月表荐杜甫为节度使署中参谋、检校工部员外郎，赐绯鱼袋。当时定制，署中参谋是要留宿幕府的。杜甫在诗中描写了独宿幕府的凄凉情景：清秋月夜，角声悲咽，独对残烛，难以成眠，回顾亲朋隔绝、行路艰难的十年漂泊生涯，不禁感慨万端。

【解释】①幕府——犹军署，古时行军，以帐幕为府署，故曰幕府。此指严武的节度使府。②江城——指成都。蜡炬——蜡烛。③永夜——长夜。角——古代军中的吹乐器，即号角。自语——指角声。④中天——天空。这两句写独宿时所闻所见。是上五下二句式，应在悲字和好字读断。⑤荏苒（忍染 rěn rǎn）——犹展转。风尘荏苒，是说兵乱连绵。⑥萧条——寂寞冷落。⑦伶俜（铃乒 líng pīng）——困苦的样子。⑧强（qiǎng）——勉强。这句承前句说：自安史之乱以来，我已经受了十年的颠沛流离，现在有了一个维持生计的职务，虽然不是自己的志愿，也只好勉强安下心来，就像小鸟安于一枝之栖一样。

丹　青　引①　赠曹将军霸

将军魏武之子孙②，于今为庶为清门③。英雄割据虽已矣④，文采风流今尚存⑤。学书初学卫夫人⑥，但恨无过王右军⑦。丹青不知老将至⑧，富贵于我如浮云⑨。

开元之中常引见⑩，承恩数上南薰殿⑪。凌烟功臣少颜色⑫，将军下笔开生面⑬。良相头上进贤冠⑭，猛将腰间大羽箭⑮。褒公鄂公毛发动⑯，英姿飒爽来酣战⑰。

先帝御马玉花骢⑱，画工如山貌不同⑲。是日牵来赤墀下⑳，迥立阊阖生长风㉑。诏谓将军拂绢素㉒，意匠惨淡经营中㉓。斯须九重真龙出㉔，一洗万古凡马空㉕！

玉花却在御榻上㉖，榻上庭前屹相向㉗。至尊含笑催赐金㉘，圉人太仆皆惆怅㉙。弟子韩幹早入室㉚，亦能画马穷殊相㉛。幹惟画肉不画骨㉜，忍使骅骝气凋丧㉝？

将军善画盖有神，偶逢佳士亦写真㉞。即今漂泊干戈际㉟，屡貌寻常行路人㊱。途穷反遭俗眼白㊲，世上未有如公贫。但看古来盛名下㊳，终日坎壈缠其身㊴。

【说明】这是杜甫有名的一首七古。大概作于广德二年（764）。可以看出杜甫的艺术修养和当时绘画艺术对他的诗作的影响。在这首诗中，作者满怀同情地叙述了曹霸的落拓身世，赞美了曹霸高超的艺术造诣。因杜甫和曹霸有着相似的遭遇，故写得悲壮激荡，感慨淋漓。在写法上，此诗共四十句，每八句一换韵，平韵仄韵互换，和《洗兵马》相同，是杜甫在七古中的创格。值得注意的，是换韵的地方也就是换意的地方，形成一种自然而然的段落。

【解释】①丹青——是画时所用红绿等颜料，故称画为丹青。引——本为曲调名。此处即作诗篇解。曹霸——当时著名画家，是三国魏曹髦（曹操曾孙）之后，曾官至左武卫将军。②魏武——魏武帝曹操。③为庶——为庶人，即平民百姓。清门——寒门。曹霸玄宗末年得罪，被削籍为庶人。④英雄割据——指曹操。已——过去。⑤文采——指文学才能。曹操一代诗雄，曹霸工于书画，皆有文采。风流——流风余韵。这两句说，曹操割据中原的霸业虽已成过去，但他的文采风流却未绝传。⑥卫夫人——东晋著名书法家，名铄，字茂猗，李矩之妻，王羲之曾从之学书。⑦无过——没有超过。王右军——即王羲之，东晋人。羲之书为古今之冠，曾官右军将军。⑧不知老将至——《论语》记孔子："其为人也发愤忘食，乐以忘忧，不知老之将至。"⑨也是孔子的话："不义而富且贵，于我如浮云。"这两句说，曹霸热爱自己的绘画艺术，用心专一，至于忘老，忘富贵。这以上八句为第一段。从曹霸的家世渊源说到他的艺术，并用学书作陪衬。⑩开元——唐玄宗年号。引见——

被皇帝召见。⑪数（shuò）——屡次，多次。南薰殿——为长安兴庆宫的内殿。⑫凌烟功臣——唐太宗贞观十七年（643）二月，命大画家阎立本图画功臣二十四人于凌烟阁，并自作赞文。凌烟阁，在西内三清殿侧。少颜色——指旧画颜色黯淡。⑬开生面——指重画新像，面目如生。⑭进贤冠——文官戴的帽。⑮大羽箭——唐太宗时习用的四羽大竿长箭。这两句概写所画二十四个功臣，上句文官，下句武将。文官只写进贤冠，武将只写大羽箭，则是一种特征的写法。⑯褒公——褒国公段志玄。鄂公——鄂国公尉迟敬德。二人都是追随唐太宗征战有功的猛将。⑰飒爽——威风凛凛。来酣战——就活像要和谁厮杀个痛快似的。二十四人中特写此二人，大概这二人画得最突出、最生动。以上八句为第二段，追叙曹霸的奉诏画功臣。对画马来说，则仍是陪衬，逐步深入。⑱先帝——指唐玄宗。玄宗死于宝应元年（762）。玉花骢——玄宗所乘的一匹青白色的马。⑲画工如山——许多画师。貌——画，描摹，作动词用。下"屡貌"之"貌"同。"貌不同"，画不像。⑳赤墀（持chí）——也叫丹墀，殿廷中的台阶。㉑迥（窘jiǒng）立——昂头卓立。阊阖（昌河 chāng hé）——天子宫门。生长风——写马飞动神骏的气势。㉒这句是说玄宗叫曹霸在白绢上画马。"拂"是拂拭、拂掠。说"拂绢素"，有一挥而就之意。杜甫有时用"扫"字。㉓意匠——犹构思。惨淡经营——苦心设计。这句是说，曹霸在未画之前，先有个通盘打算，不是看一眼，画一笔，而是有"成竹在胸"。㉔斯须——很快的意思。九重——指皇宫，因为天子有九重门。真龙出——马高八尺曰龙，此即指玉花骢。因为马画得逼真，所以说"真龙出"。㉕一洗——犹一扫。凡马——普通的马。这句是说，曹霸的画马是空前未有的杰作。这以上八句为第三段。追叙曹霸奉诏画马，是正面文章。㉖这句也是画中见真的手法。却在——不合在而在，故曰"却在"。御榻——御床，皇帝的座椅。㉗榻上——指画中之马。庭前——指赤墀下的真马。屹——屹然如山。榻上画马，庭前御马，彼此交映，真假难分，故曰"屹相向"。㉘至尊——皇帝，指唐玄宗。㉙圉（语 yǔ）人——养马的人。太仆——掌管皇帝车马的官。惆怅——无法用言语赞美而只是惊叹的表情。这两句都是从旁观者的态度上来写画马的神似的。㉚韩幹——唐代名画家，大梁人，善画人物、鞍马，初以曹霸为师，后来独成一家。入室——凡得先生嫡传的叫作"入室弟子"。㉛穷殊相——画尽马的一切姿态的意思。㉜画肉——韩幹画马肥大，所以说"画肉"。㉝骅骝——传说中周穆王八骏之一，这里泛指良马。气凋丧——杜甫认为多肉会使马失去神气。这以上八句为第四段。承上段再极赞曹霸画马之妙，用的是反衬法。以上三段写昔日之盛。㉞佳士——优秀人物，非凡之士。写真——画像。㉟漂泊干戈——指避安史之乱。㊱寻常行路人——一般的流俗之辈。㊲途穷——生活处于困境的意思。眼白——即白眼。一种瞧不起对方的表示。"白"字这里用作动词。㊳盛名——名气很大。㊴坎壈（览 lǎn）——困穷。最后两句是说，自古以来，许多负盛名的人，往往是困穷失意的。这是宽慰也是愤激的话，有同病相怜之意。这最后八句为第五段。由过去回到现在，极写今日之衰，与第一段"为庶为清门"照应。

忆昔二首（录一）

其二

忆昔开元全盛日①，小邑犹藏万家室②。稻米流脂粟米白③，公私仓廪俱丰实④。九州道路无豺虎⑤，远行不劳吉日出⑥。齐纨鲁缟车班班⑦，男耕女桑不相失⑧。宫中圣人奏《云门》⑨，天下朋友皆胶漆⑩。百余年间未灾变⑪，叔孙礼乐萧何律⑫。岂闻一绢直万钱⑬，有田种谷今流血^⑭。洛阳宫殿烧焚尽^⑮，宗庙新除狐兔穴^⑯。伤心不忍问耆旧^⑰，复恐初从乱离说^⑱。小臣鲁钝无所能^⑲，朝廷记识蒙禄秩^⑳。周宣中兴望我皇^㉑，洒血江汉身衰疾^㉒。

【说明】这两首诗当作于广德二年（764）在成都居严武幕中时。题目虽曰"忆昔"，其实是讽今。这里选录的是第二首。忆的是玄宗时的开元盛世，目的在于劝诫唐代宗不要忘记前车之鉴，励精图治，恢复往日繁荣。诗用对比手法，对开元盛世极尽形容，不惜笔墨，而对今日之衰败，笔墨极简，寓意颇深。昔盛今衰，对比鲜明，而作者忧国伤时之心表达得十分委婉而深切。

【解释】①开元——唐玄宗年号（713—741）。全盛日——鼎盛时期。②邑——旧称县为邑。藏——拥有。万家室——万户，形容其多。小邑如此，则大邑可知。这句写全盛时人口的繁多。③流脂——形容稻米颗粒饱满有光泽。粟（素 sù）——谷子。籽实去皮后就是小米。④仓廪（凛 lǐn）——粮仓。藏谷者曰仓，藏米者曰廪。这两句写全盛时农业生产的繁荣。⑤九州——这里指全中国范围。豺虎——喻盗贼。⑥吉日——吉祥的日子。这两句写全盛时社会秩序的安定。⑦齐鲁——指今山东一带。纨（完 wán）——细绢。缟（搞 gǎo）——白色的绢。班班——众车声。这句写全盛时手工业和商业的发达，商贾络绎不绝于道。⑧桑——这里作动词用，是说妇女养蚕织布。不相失——因无战争，社会安定，故夫妇相守不失散。⑨宫中圣人——指皇帝。唐人称皇帝为"圣人"。云门——传说为黄帝之乐。这句是说当时朝政清明，可比古代黄帝之治。⑩胶漆——如胶似漆，古人用以比喻爱情或友谊的深笃。⑪百余年——唐自开国（618）至开元末（741）凡百余年。灾变——灾祸。⑫叔孙礼乐——西汉初年，叔孙通制礼作乐。萧何律——汉初，萧何在秦法的基础上，编订了《汉律九章》。这句是以汉的盛世来比开元。以上十二句是写开元盛世。⑬以下四句写安史乱后情况，句句和上文做尖锐对比。岂闻——哪里听说过。直——同"值"。这句说，哪里听说过一绢值万钱的，而现在却是这样。⑭这句是说，有田应种谷的，而今却在田里流血打仗。⑮洛阳——唐代为东都。先后两次为安史叛军蹂躏。⑯这句是指广德元年（763）十月，吐蕃入侵京师，唐代宗逃到陕州，长安第二次沦陷，府库宫殿，焚掠一空，吐蕃在长安盘踞了十五天始退。宗庙——皇家祖庙。狐兔——指入侵的吐蕃。代宗于十二月复还长安，诗作于代宗还京之后不久，所以说"新除"。⑰耆（其 qí）旧——指当地的老年人。⑱初从乱离——从乱离之初的意思。这两句是说，耆旧都经历过开元盛世和天宝之乱，怕他们又从安禄山陷京说起，惹得彼此伤起心来，故"不忍问"。⑲小臣——杜甫自谓。鲁钝——笨拙无能。⑳记识（志zhì）——记住。蒙禄秩——禄是俸禄，秩是官职，此指授检校工部员外郎。㉑周宣中兴——周宣王为周厉王之子。厉王昏庸腐朽，致使国家衰微，厉王被流放之后，周宣王曾一度使周室复兴。史称"周宣中兴"。我皇——指唐代宗。这里是期望代宗能像周宣王那样，使唐王朝衰而复兴。㉒洒血——即洒泪出血，极言沉痛。江汉——指四川一带。衰疾——既老又病。末两句为作诗主旨。

旅 夜 书 怀

细草微风岸，危樯独夜舟①。星垂平野阔，月涌大江流②。名岂文章著③？官应老病休④！飘飘何所似？天地一沙鸥⑤！

【说明】这首诗大概是永泰元年（765）杜甫携家由成都经

嘉州（今四川省乐山市）、渝州（今重庆市）到忠州（今重庆市忠县）的途中所作。

【解释】①危——高。樯（墙 qiáng）——船桅杆。首二句先点清地点、时间和个人处境，为下文张本。②涌——这里指波光闪动。大江——指长江。这两句说，因平野阔，故星遥挂如垂；因大江流，故月光下照如涌。③岂——哪里。这句是故作自谦之词。意为人们都说我文章（诗）写得好，其实也属过奖。④这句是反话，是故作含蓄之语。⑤沙鸥——杜甫自况。

三　绝　句

其一

前年渝州杀刺史①，今年开州杀刺史②。群盗相随剧虎狼③，食人更肯留妻子④？

【说明】这三首绝句当是永泰元年（765）去蜀之后所作，是绝句中的"三吏""三别"。绝句的基本特征是四句，古体的绝句不用平仄，是所谓"古绝句"。此三首即是。第一首写地方军阀的专横残暴；第二首写蜀中大乱，避乱蜀中的人民再次蒙受生离死别之惨；第三首揭露官军的抢掠奸淫。

【解释】 ①渝州——今重庆市。刺史——唐时州郡之长官，州称刺史，郡称太守。②开州——今重庆市开州区。渝州和开州，唐时均属山南西道。这两次杀刺史，史书没有记载。③相随——前年杀，今年又杀，所以说"相随"。剧——甚，胜过。是说比虎狼还狠毒。④更肯——岂肯，哪肯。妻子——指妇女和小孩。

其二

二十一家同入蜀①，唯残一人出骆谷②。自说二女啮臂时③，回头却向秦云哭④。

【解释】 ①入蜀——大概是早时逃难入蜀的人。②残——残余，剩下。唯残，就是只剩下。骆谷——在今陕西省周至县西南，是由秦入蜀的通道。③啮（聂 niè）——咬。古代有人母子诀别，啮臂以誓不忘的。这是形容生离死别的惨状。因乱离中父女不能两全，故只得抛弃。④秦云——指关中方向。关中为秦地，又称秦中。来自秦中，故向秦云而哭。这时此人在蜀地，由蜀望秦，故曰回头。

其三

殿前兵马虽骁雄[1]，纵暴略与羌浑同[2]。闻道杀人汉水上[3]，妇女多在官军中[4]。

【解释】①殿前兵马——指当时太监指挥的禁军。当时代宗专信太监，使之统兵作战。骁（消 xiāo）雄——勇猛雄健。②纵暴——恣行暴虐。略同——大致相同，差不多。羌浑——指党项羌和吐谷浑。永泰元年，羌、浑进犯陕西西部凤翔、周至一带。③闻道——听说。汉水——发源于陕西省宁强县。汉水上，即指陕西、四川交界处。④官军——即"殿前兵马"。

八　阵　图[1]

功盖三分国[2]，名成八阵图。江流石不转[3]，遗恨失吞吴[4]。

　　　　杜甫诗选注（普及本）

【说明】大历元年（766）暮春，杜甫由云安到夔州（今重庆市奉节县）。这首诗即为初到夔州时所作。这诗前两句赞扬诸葛亮在三国鼎立中建立的盖世功勋，后两句则以未能灭吴为诸葛亮生平遗恨，实寓有作者的感慨。

【解释】①八阵图——相传为诸葛亮所布设的作战石垒，在夔州东南鱼复浦上。夏天水大淹没不见，冬天水枯时则可见到，至今犹存。②三国之中，曹操和孙权都有所凭借，唯独诸葛亮佐刘备，白手创立根据地于西蜀，所以说他"功盖三分国"。③石不转——自诸葛亮布阵以来，到杜甫时已历六百年之久，虽经江水冲击，却屹然不动，故曰"石不转"。④这句说，蜀汉未能吞吴灭魏，使诸葛亮遗恨终身。

负　薪　行①

夔州处女发半华②，四十五十无夫家③。更遭丧乱嫁不售④，一生抱恨长咨嗟⑤。土风坐男使女立⑥，应当门户女出入⑦。十犹八九负薪归⑧，卖薪得钱应供给⑨。至老双鬟只垂颈⑩，野花山叶银钗并⑪。筋力登危集市门⑫，死生射利兼盐井^⑬。面妆首饰杂啼痕，地褊衣寒困石根^⑭。若道巫山女粗丑^⑮，何得此有昭君村^⑯？

【说明】这首诗也是杜甫到夔州后不久所作。把贫苦的劳动妇女作为题材并寄以深厚同情，在全部古典诗歌史上都是少见的。诗中描写了夔州劳动妇女勤劳困苦的生活和当地的土风习俗。文字亦朴素，如其内容。

【解释】①薪——烧柴。②夔州——即今重庆市奉节县。处（础 chǔ）女——未出嫁的女子。发半华——头发斑白，见得已老。华，同花。③四十五十——是说有的四十岁，有的五十岁。④更——更迭，连续。嫁不售——嫁不出去。⑤咨嗟（资阶 zī jiē）——唉声叹气。⑥土风——当地风俗习惯。坐男使女立——重男轻女，故男坐女立。此以下四句是统说一般妇女。⑦应——作"男"。下即写妇女出入操劳的事情。⑧十犹八九——即十有八九，见得极普遍。⑨应供给——供给一家生活及缴纳苛捐杂税。⑩双鬟——未嫁女子的发式。只——犹，还，依然。⑪钗——妇女的一种首饰。这句是说，因为穷困，故野花山叶与银钗并插。⑫筋力——体力，气力。登危——是说攀登高山去打柴。集市门——入市卖柴。⑬死生射利——不顾死活地去挣点钱。射利，谋利。兼盐井——负薪之外，又负盐，所以说"兼盐井"。⑭地褊（扁biǎn）——山地崎岖不平。困石根——山路崎岖，行走困难的意思。⑮巫山——在重庆市巫山县，位于夔州以东。这里泛指夔州一带。⑯昭君——王嫱，字昭君，西汉元帝时宫女，后嫁匈奴单于。昭君村，在今湖北省兴山县，当地群众叫它"宝坪村"，为王昭君故里。唐时属归州，归州与夔州接壤。这两句是代夔州妇女抱不平的话。意谓夔州一带妇女并不是天生粗丑，她们的粗丑，是由于生活的折磨。不然的话，为什么会生长王昭君那样美貌的女子呢？

古 柏 行

孔明庙前有老柏①，柯如青铜根如石②。霜皮溜雨四十围③，黛色参天二千尺④。君臣已与时际会⑤，树木犹为人爱惜⑥。云来气接巫峡长⑦，月出寒通雪山白⑧。

忆昨路绕锦亭东⑨，先主武侯同閟宫⑩。崔嵬枝干郊原古⑪，窈窕丹青户牖空⑫。落落盘据虽得地⑬，冥冥孤高多烈风⑭。扶持自是神明力⑮，正直元因造化工⑯。

大厦如倾要梁栋⑰，万牛回首丘山重⑱。不露文章世已惊⑲，未辞剪伐谁能送⑳？苦心岂免容蝼蚁㉑，香叶终经宿鸾凤㉒。志士幽人莫怨嗟㉓，古来材大难为用㉔。

【说明】这首诗大概写于大历元年（766）。诗借咏古柏以自抒怀抱，写古柏的孤高正直，正是写诗人坚定的操守和怀才不遇的感慨。此诗对偶句特多，凡押三韵，每韵八句，自成段落，层次井然。

杜甫诗选注（普及本）

【解释】①孔明——诸葛亮字孔明。夔州有孔明庙，也有刘备庙。②柯（科 kē）——树的主枝。青铜——形容颜色苍老。如石——形容坚硬。③霜皮——形容皮色的苍白。溜雨——形容皮的光滑。四十围——四十个人合抱，极言树干之粗大。④黛色——青黑色。参（餐 cān）天——高耸入天。二千尺——极言树高。这两句极力形容柏之高大，是夸张的写法。有以树象人之意。⑤君——指刘备。臣——指诸葛亮。时际会——因时势机会碰在一起。⑥这两句是插叙。意谓由于刘备和诸葛亮君臣二人协力共济，创业安民，人民不忘其德，并爱及其庙前之树。柏树的高大，正说明诸葛亮的遗爱。⑦巫峡——在夔州东。⑧雪山——即雪岭，亦称西山，在成都西。这两句极写古柏高大，言其东可接巫峡之云，西可望雪山之月。以上八句为第一段，是咏古柏的正文。⑨此下四句宕开，以成都古柏作陪。忆昨——杜甫是去年才离开成都的，所以说"忆昨"。锦亭——杜甫成都草堂紧靠锦江，草堂中有亭，故曰"锦亭"。成都武侯祠在亭东，所以说"路绕锦亭东"。⑩先主——三国蜀先主刘备。武侯——诸葛亮封武乡侯。閟（闭 bì）宫——祠庙。因成都武侯祠附在先主庙中，所以说"同閟宫"。⑪崔嵬（围 wéi）——高峻的样子。郊原——成都武侯祠的古柏位于城外的平原上，故曰"郊原古"。⑫窈窕（yǎo tiǎo）——深邃的样子。户——门。牖

（有 yǒu）——窗户。户牖空，是说寂静无人。⑬此下四句收归夔州古柏。落落——出群的样子。盘据——盘根错节，形容扎根牢固。得地——地势得宜。因柏生在孔明庙前，有人爱惜，故曰"得地"。⑭冥冥——高空的颜色。烈风——风大而猛。因孔明庙位于高山上，古柏又高大，树高招风，故经常为烈风所撼。⑮神明力——古柏不为烈风所拔，似有神灵呵护，故曰"神明力"。⑯元——同"原"。造化——指天地。这两句语虽对，而意实一贯。以上八句为第二段。由古柏之高大，进一步写出古柏之凛然正直之气。⑰这句是说，大厦将倾，正需要古柏这样的栋梁之材。⑱这句是说，古柏重如丘山，一万头牛也拖不动，实在难以运载。⑲文章——指华丽的文采。古柏朴实无华，不知自炫，故曰"不露文章"。⑳未辞剪伐——不避砍伐。有甘愿效命的意思。古柏本可作栋梁，故曰"未辞剪伐"。送——就木说，是运送；就人说，是推荐。这两句中有着杜甫的影子，"不露文章写得身分高，未辞剪伐写得意思曲"，语意双关。㉑苦心——柏心味苦，故曰"苦心"。岂免——怎免，难免。蝼（楼 lóu）蚁——蝼蛄和蚂蚁。此处有忠而见谗的意思。㉒香叶——柏叶有香气，故曰"香叶"。终——毕竟。鸾凤——传说中凤凰一类的鸟。指自己美好的品德和理想。㉓志士——有理想有才能的人。幽人——隐士，指有才而不得志的人。嗟

（阶 jiē）——叹息。㉔这句是说不独今日如此，从古以来就如此。最后八句为第三段。借古柏之遭遇，喻大才之难为世用。

诸 将 五 首

其一

汉朝陵墓对南山①，胡虏千秋尚入关②。昨日玉鱼蒙葬地③，早时金碗出人间④。见愁汗马西戎逼⑤，曾闪朱旗北斗殷⑥。多少材官守泾渭⑦？将军且莫破愁颜⑧！

【说明】这组诗是大历元年（766）秋在夔州作，可以看作是杜甫的政论律诗。这时安史之乱虽平，边患却没有根除，杜甫针对当时朝纲不振、武将不得力的现象，加以批评讽刺，以寄托他的爱国思想。因为有些事情不好直说，只好采取用以丽句写丑事，用典故代时事的办法。诗写得蕴藉含蓄，深浑苍郁。所以前人有评杜甫七律当以《诸将》为"压卷"的。

【解释】①这是第一首，写作者对当时吐蕃攻陷长安，焚掠宫殿，发掘陵墓的感慨，提醒诸将要加强防御，不要高枕苟安。

陵墓——皇帝的坟叫作陵，诸王以下的叫作墓。南山——即终南山，在长安南。②胡虏——指吐蕃。尚入关——当年汉朝陵墓曾被人发掘过，如今千年之后的唐朝，同样又发生这样的事，所以说"尚"。关，指萧关，吐蕃入侵所经，故址在今宁夏回族自治区固原县东南。③玉鱼——指帝王的陪葬品。传说西汉楚王戊太子葬时，曾以一双玉鱼为殓。蒙葬——即埋葬。④早时——今天早上。意指很快就被发掘。金碗——和玉鱼一样都是贵重的陪葬品。唐代宗广德元年（763），吐蕃入京师，劫宫阙，焚陵寝。这两句是写陵墓被发掘之惨。意在激发诸将的愧耻敌忾之气。⑤见——同"现"，眼前。广德元年十月吐蕃入长安，永泰元年八月吐蕃又寇奉天。都是眼前的事情，所以说"见愁"。汗马——指战事。西戎——指吐蕃。⑥朱旗——红旗。指吐蕃的军旗。萧海川按"曾"者，已然之词。谁"曾"？如指唐王朝之旗，此何待言？令人伤心者乃吐蕃之旗。朱旗即红旗，军旗用红色，不独唐军，吐蕃亦然。北斗——指长安，长安又称斗城。这里喻指唐王朝。殷——深红色。这句是说眼下吐蕃势盛，不断入侵，占领过京都长安，气焰嚣张。⑦材官——指中下级军官。"多少"，是对防守兵力提出的疑问。泾渭——二水名，均流经长安，这里指京城附近地区。⑧这句是提醒诸将要时刻提高警惕，严阵以待，不要耽于逸乐。

其二

　　韩公本意筑三城①，拟绝天骄拔汉旌②。岂谓尽烦回纥马③，翻然远救朔方兵④！胡来不觉潼关隘⑤，龙起犹闻晋水清⑥。独使至尊忧社稷⑦，诸君何以答升平⑧？

　　【解释】①这是第二首，诘责诸将的怯敌，不能抵御外患，反而借助外力。韩公——指韩国公张仁愿。三城——张仁愿于唐中宗神龙三年（707），筑三受降城于今内蒙古自治区境内黄河北岸，以拒突厥。②拟绝——意在断绝。天骄——匈奴自称"天之骄子"。这里指北方边疆少数民族。拔汉旌——拔掉汉人的旗帜。意即侵占唐王朝的领土。③岂谓——岂料。尽烦——求助的意思。郭子仪于至德二年收京，永泰元年败吐蕃，皆借助回纥。回纥（河 hé）——我国古代西北少数民族名，即今维吾尔族。④翻然——反而。朔方兵——指郭子仪所统率的朔方军。⑤胡来——指安禄山陷潼关及后来回纥和吐蕃连兵入寇等事。隘——险要。潼关非不险隘，然胡来不觉其隘，正是讥诮诸将无人。⑥龙——封建时代以龙称代皇帝。晋水——源出山西太原市（古称晋阳）西南，东流入汾水。古人以河清为祥瑞之兆，传说李渊起兵晋阳，"代水清"，而至德二载七月，传说岚州（今山西省岚县）河清三十里，九月，广平王（唐代宗未登位前封号）收西京，因事有相似，故以为比。这句是以唐高祖李渊的起兵晋阳来称美唐代宗的收复京师。⑦至尊——指唐代宗。社稷——社是土神，稷是谷神。后遂以指代国家。⑧诸君——指诸将。升平——太平。这句诘责诸将只知坐享太平，不图报答国家往日之恩。

其三

洛阳宫殿化为烽①，休道秦关百二重②。沧海未全归禹贡③，蓟门何处尽尧封④？朝廷衮职虽多预⑤，天下军储不自供⑥。稍喜临边王相国⑦，肯销金甲事春农⑧。

【解释】①这是第三首，诘责诸将不知屯田务农，以解决军食。化为烽——指洛阳宫殿焚于兵火。②休道——不要夸口。秦关——潼关。百二——古人曾说潼关险固，二万人足抵当百万人。重（虫 chóng）——险要。③沧海——古称青州为沧海，即今山东省东部。归——归属。禹贡——原为《书经》的一篇，评述九州的山川、物产。这里是指国家版图。④蓟（计 jì）门——指当时北方卢龙等镇，即今河北省北部，当时为藩镇李怀仙等所割据。尧封——周封帝尧的后裔于蓟，故曰"尧封"，这也是指版图。这两句是说当时北方仍为藩镇割据，国内并未完全统一。⑤衮（滚 gǔn）职——指三公大臣（唐以太尉、司徒、司空为三公）。预——参与。当时朝廷为笼络有实力的地方节度使，多在节度使上加中书令、平章事等虚衔，故曰"多预"。⑥军储——军粮。不自供——当时地方军阀，不知屯田积谷，但知向地方强行赋敛和向朝廷要粮，故曰"不自供"。⑦王相国——指王缙，王于代宗广德二年（764）拜同平章事，后迁河南副元帅，故称"王相国"。王缙以相出将，镇守河南，以防河北诸镇，故曰"临边"。⑧销——销毁。金甲——铁甲，此指兵器。这句是说王缙能以兵养兵，从事军垦屯田，解决军储问题。

其四

回首扶桑铜柱标①，冥冥氛祲未全销②。越裳翡翠无消息③，南海明珠久寂寥④。殊锡曾为大司马⑤，总戎皆插侍中貂⑥。炎风朔雪天王地⑦，只在忠良翊圣朝⑧。

【解释】①这是第四首，责诸将徒享高爵厚禄，不能为国靖边。回首——回过头来。前三首皆言河北、两京北方之事，此首则道岭南南方之事，故用"回首"。扶桑——泛指南海一带。

唐时岭南道有扶桑县。铜柱——东汉马援所立，在唐日南郡象林县。玄宗时，何履光以兵定南诏，曾复立马援铜柱。标——指高峙的铜柱。②冥冥——昏暗不明的样子。氛祲（进jìn）——指一种不祥之气，杀气。时安南与中国绝，广德元年广州市舶使、宦官吕太一发兵作乱，南方也不安定。销——通"消"，消散。③越裳——周代南方国名。唐时安南都护府有越裳县。翡翠——鸟名，产于南方。雄为翡，色多赤；雌为翠，色多青。其羽毛为名贵的织物原料。与下句"明珠"皆为贡物。④南海——唐曾于广东、广西一带置南海郡，治所在今广州市，其所属合浦海中出珠。寂寥——寂寞无闻。这两句写南方朝贡断绝。⑤殊锡——特殊的恩宠。锡，赏赐的意思。大司马——即太尉，正一品。当时中兴诸将只有郭子仪、李光弼进位太尉，所以说是"殊锡"。⑥总戎——指领兵的将帅。侍中貂——唐门下省有侍中二人，正二品，其帽用貂尾为饰，插在左边。当时将帅和节度使都带侍中的头衔，所以说"皆插"。⑦炎风——指极南之地。朔雪——指极北之地。天王——春秋时称周天子为"天王"。此处即指当代皇帝。天王地，即唐朝的国土。⑧翊（意yì）——辅佐。圣朝——对唐王朝的尊称。最后两句勉励诸将，为国效命，恢复唐王朝旧有的版图和统治权力。

其五

　　锦江春色逐人来①，巫峡清秋万壑哀②。正忆往时严仆射③，共迎中使望乡台④。主恩前后三持节⑤，军令分明数举杯⑥。西蜀地形天下险⑦，安危须仗出群材⑧！

【解释】①这是第五首，赞美严武，责镇蜀诸将的平庸。锦江——岷江支流，流经成都南部，这里即指成都。永泰元年（765）四月，严武卒，杜甫无所依；五月，携家离成都草堂。诗人自己在成都待不下去，说春色逐人，是一种含蓄而幽默的说法。②壑（贺 hè）——山沟。夔州地接巫峡，又时当秋季，心中复追念着知己的亡友，这位朋友又是国家难得的良将，所以只觉得万壑生哀。③严仆射——严武死后，赠尚书左仆射。④中使——天子使者，一般由宦官担任。望乡台——在成都北，中使自京师来时所经。杜甫曾随严武迎中使于此。⑤主——指皇帝。节——符节，古之出使者，持以为信。持节，即奉命办事。此处持节即指任节度使。三持节——严武在蜀，初为绵州刺史，后迁东川节度使，剑南、东西川合并后，武再拜成都尹，充剑南节度使。后还朝。广德二年春，复拜成都尹，充剑南节度使，故曰"三持节"。⑥军令分明——是说信赏必罚，令出如山。数（朔 shuò）——多次。数举杯，是说治军有谋略，临事从容，饮宴不缺。⑦西蜀——今四川西部，地势险要。⑧安危——安国之危，能使其转危为安。安，作动词用。仗——倚仗。出群材——出类拔萃的人物。宝应元年（762）严武镇蜀而罢，高适代之，不久发生徐知道叛乱。后吐蕃陷松、维、保三州，严武于广德二年（764）再镇蜀，破吐蕃七万众，拔当狗城。武死，郭英乂代成都尹，不数月而有崔旰之乱，郭英乂为部下所杀。不久，杜鸿渐以宰相兼成都尹镇蜀，驽怯无能，不能制乱，唯日与僚属置酒宴饮，并以崔旰为成都尹。最后两句便是从这些事实中得出的结论。

秋兴八首

其一

玉露凋伤枫树林①，巫山巫峡气萧森②。江间波浪兼天涌③，塞上风云接地阴④。丛菊两开他日泪⑤，孤舟一系故园心⑥。寒衣处处催刀尺⑦，白帝城高急暮砧⑧。

【说明】《秋兴八首》是大历元年（766）秋杜甫在夔州时所作的一组七言律诗。因秋以发兴，故曰《秋兴》。自肃宗乾元二年（769）杜甫弃官客秦州，到这时，他足足过了七个年头的漂泊生活，在这七年中，战乱频仍，迄无宁岁，当此秋气萧飒，不免触景伤情。《秋兴八首》的中心思想是"故国之思"，是对祖国的无限关怀，个人的哀怨感伤也是从此出发的。篇中"每依北斗望京华""故国平居有所思"，是全诗的纲目。由于心怀故国，所以虽身在夔州，而写夔州的反少，写长安的反多。

《秋兴八首》的结构，从全诗来说，可分两部，而以第四首为过渡。大抵前三首详夔州而略长安，后五首详长安而略夔州；前三首由夔州而思及长安，后五首则由思长安而归结到夔州；前三首由现实走向回忆，后五首则由回忆回到现实。至于各首之间，则亦首尾相衔，有一定次第，不能移易，八首只如一首。《秋兴八首》为杜甫惨淡经营之作，或即景含情，或借古为喻，或直斥无隐，或欲说还休，必须细心体会，方能领略诗的妙处。

【解释】①这是第一首，写夔州一带的秋景和自伤漂泊、思念故国的心情。玉露——白露。凋伤——草木凋落。②巫山巫峡——即指夔州一带的长江和两岸群山。萧森——萧瑟阴森。这两句点出所在地点和时间。③江间——即上言"巫峡"。兼天涌——指波浪滔天。兼，连。④塞上——即上言"巫山"。接地阴——风云匝地。这两句，波浪在地而说"兼天"，风云在天而说"接地"，极写景物萧森阴晦之状，自含勃郁不平之气。⑤丛菊两开——杜甫去年秋在云安，今年秋又在夔州，从离成都后算起，所以说"两开"。"开"字双关，菊开泪眼亦随之而开。他日——往日，指多年来。⑥杜甫把回乡的希望都寄托在准备东下的一条船上。故园，此处当指长安。⑦刀尺——做衣的工具。催刀尺，指赶裁冬衣。"处处催"，见得家家如此，言外便有游子无衣之感。⑧砧（真 zhēn）——捣衣石。这句说，秋天晚上急促的捣衣声更易引起游子的思乡之情。

其二

夔府孤城落日斜①，每依北斗望京华②。听猿实下三声泪③，奉使虚随八月槎④。画省香炉违伏枕⑤，山楼粉堞隐悲笳⑥。请看石上藤萝月，已映洲前芦荻花⑦。

【解释】①这是第二首，写夔州凄凉的晚景和思归长安的心情。夔府——即夔州。唐太宗贞观十四年夔州曾设都督府，故亦称"夔府"。②每——常常。夜夜如此，所以说"每依"。京华——即长安。长安城上直北斗，号北斗城。长安不可得而望见，所可望见者，只有其上的北斗星。③《水经注》引巴东渔歌云："巴东三峡巫峡长，猿鸣三声泪沾裳。"昔闻其语，今身经其事，故下一"实"字。④八月槎（茶chá）——槎，木筏。《博物志》载：旧说天河与海通，近世有人居海渚者，年年八月有浮槎去来不失期，人赍粮乘槎而去，十余日，至天河。又《荆楚岁时记》载：汉武帝令张骞穷河源，乘槎经月，至天河。这句诗便是化用这两个故事的。作者以张骞比严武，以至天河比还朝廷。当时杜甫以检校尚书工部员外郎的朝官身份做严武的参谋，原拟能随严武还朝，但第二年四月，严武死在成都，还朝的打算落了空，所以说"奉使虚随"。⑤画省香炉——画省，即尚书省。据《汉官仪》载：尚书省都以胡粉涂壁，画古贤人烈女像。尚书郎入值，有女侍史二人执香炉随侍。唐与汉略同。杜甫曾做过左拾遗，属门下省，写有《春宿左省》的诗，后严武表他为检校工部员外郎，属尚书省。可见他仍有入"画省"的资格，故因望京华而想起这种生活。违——愿望不能实现的意思。伏枕——卧病。"违伏枕"是说，因多病而不能还朝值宿画省。⑥山楼——白帝城楼。粉堞（蝶dié）——城上涂白色的女墙。隐悲笳——笳本胡乐，军中多用之。隐，隐隐可闻。这句是说兵戈未休，还京无期。⑦这两句和首句"落日"相照应。藤萝和芦荻都是秋天景象。意谓因思念之切，故忘其伫望之久，忽见月移洲前，方才觉得又望到深夜。杜甫仿佛怕人不相信，所以用了"请看"二字，言外兼有时光迅速之感。

其三

千家山郭静朝晖^①，日日江楼坐翠微^②。信宿渔人还泛泛^③，清秋燕子故飞飞^④。匡衡抗疏功名薄^⑤，刘向传经心事违^⑥。同学少年多不贱^⑦，五陵衣马自轻肥^⑧。

【解释】 ①这是第三首，写夔州朝景，而慨叹个人怀才不遇，功业无成。山郭——山城，指白帝城。朝晖——早晨的阳光。②江楼——即杜甫所居的阁楼，楼下临大江，故曰江楼。翠微——青青的山色。环楼皆山，如置身山色之中，故曰"坐翠微"。日日——天天只是如此，极写无聊。③信宿——一宿称宿，再宿称信。信宿，言夜夜如此。泛泛——船在水上漂来漂去的样子。"还泛泛"，含有羡慕之意，是说自己漂泊异乡，还不如渔人泛舟啸歌。④故——故意。飞飞——飞来飞去的样子。"故飞飞"，含有气恼之意。秋燕将归，故意在客人面前飞来飞去，好像嘲笑客人无家可归似的。⑤匡衡抗疏——匡衡为西汉人，元帝初，他曾屡次上疏言政治得失，很得皇帝欢心，迁光禄大夫、太子少傅。功名薄——杜甫为左拾遗时，曾上疏救房琯，故以抗疏之匡衡自比；但结果反遭贬斥，所以说"功名薄"。⑥刘向传经——刘向，也是西汉人，通经学。宣帝初，刘向讲论五经于石渠阁，成帝即位，诏向领校中五经秘书。心事违——杜甫的祖父杜审言以诗名，杜甫自谦不能继承家学，不能像刘歆那样继承他父亲刘向的事业，所以说"心事违"。这两句上四字、下三字一读，下三字是杜甫自慨。二句借古为喻，是江楼独坐时的心事。⑦同学少年——少年时的同学。这同学系指同一学龄时期的友人，与今天的同学概念不一样。⑧五陵——汉时长安有五陵：长陵、安陵、阳陵、茂陵、平陵。汉代曾迁徙各地富豪之家于诸陵。五陵，此处即指五陵富豪子弟，亦所谓"纨绔子弟"。轻肥——轻裘肥马。"衣马"，即裘马。"裘"字阳平，上一字"陵"也是阳平，故易"裘"为"衣"。"自轻肥"，一"自"字，婉而多讽。有只满足于自己富贵的意思。这两句又由自身的贫贱想到同学们的富贵，意极不平，语却含蓄。

其四

闻道长安似弈棋①，百年世事不胜悲②。王侯第宅皆新主③，文武衣冠异昔时④。直北关山金鼓震⑤，征西车马羽书驰⑥。鱼龙寂寞秋江冷⑦，故国平居有所思⑧。

【解释】①这是第四首，为八首之枢纽，前三首多就夔州言，此以下五首多就长安言。这首是写长安迭经丧乱，人事大异，国家局势极不稳定。闻道——听说。杜甫往往把真实的事情故意托之耳闻，这样可以使语意摇曳多姿。似弈（意 yì）棋——是说长安的政客们彼争此夺，此起彼落，就像下棋一样，见得当时朝政混乱。②百年——虚数，杜甫自指平生经历。这两句虚虚喝起，笼罩全篇，下四句即"不胜悲"的事实。③这句说王侯之家，经过丧乱奔窜，宅第已换了新主人了。也指安史乱后，新的权贵们在长安大造宅第，穷极侈丽的历史事实。④衣冠——指当时权贵名流。当时肃宗和代宗都信任宦官，任其操纵军政大权，而朝臣又分门户党派，互相倾轧，或勾结宦官，希求幸进，因而人事变化很大。当时一批目不识丁的武夫，也以功勋待诏集贤院，得到儒臣的荣称。这些现象都是以前所没有的，所以说"异昔时"。⑤直北——正北，指长安以北。金鼓——军中所用，擂鼓则进，鸣金则退。金鼓震，指战事频仍。⑥羽书——古代奏报军情插羽于书，以示紧急。这两句是总括十年来的安史之乱和吐蕃入侵。⑦前六句说长安和国家大事，这一句才收归夔州，回到自身。鱼龙寂寞——指江中鱼龙潜伏蛰居，以喻自己沦落江湖，抱负不得施展。⑧故国——指长安。平居——平日所曾居住过的地方。杜甫在长安先后居住十多年。

有所思——有所思念，即感慨很多、感情复杂的意思。

其五

蓬莱宫阙对南山^①，承露金茎霄汉间^②。西望瑶池降王母^③，东来紫气满函关^④。云移雉尾开宫扇^⑤，日绕龙鳞识圣颜^⑥。一卧沧江惊岁晚^⑦，几回青琐点朝班^⑧。

【解释】①这是第五首，写长安宫阙朝仪之盛及自己在朝廷仕宦经过。这是所思之一。蓬莱宫——唐高宗龙朔二年（662），改旧大明宫为蓬莱宫，宫在长安东北龙首原上，南望终南山，了如指掌。南山——即终南山。②承露——指仙人承露盘。金茎——指承露盘下的铜柱。霄汉间——极言其高。汉武帝在建章宫西做柏梁铜柱，上有仙人承露盘，唐时宫中并无承露盘，此特借汉事以为形容。③王母——西王母，是个神话中有名的人物。瑶池——传为王母所居，在西方昆仑山上，故曰"西望"。降——指王母自瑶池下降。④东来紫气——传说春秋战国时，函谷关尹喜（守关的官吏名喜）登楼眺望，见有紫气东来，预言当有圣人从此经过，果然老子乘青牛车来。老子自洛阳入函关，故曰"东来"。函关——即函谷关，在今河南省灵宝县。这两句极写宫阙气象之宏敞崔嵬。⑤雉尾——即雉（野鸡）尾扇，是用雉羽制成的一种宫中仪仗。云移——形容羽扇像云彩一般地分开。据《唐会要》卷二十四载：开元中，大臣萧嵩上奏：每月朔（初一）望（十五）上朝时，在殿两厢备有羽扇，皇帝将登殿，则扇合以遮圣颜，不让群臣看见，待皇帝坐定后方去扇。"开宫扇"即指这种仪式。⑥龙鳞——皇帝衣上所绣的龙纹图案。圣颜——天子之颜，指玄宗。唐时上朝甚早，故必待日出才能辨识皇帝的面容。"日"，兼喻皇帝。⑦一卧——有一蹶不复振之慨。沧江——指长江。岁晚——指秋天，兼伤自己临近暮年（杜甫时年五十五）。这句收归夔州，回到现实。⑧青琐——指宫门。点——传呼点名。朝班——上朝时依官职大小排列班次先后，故曰"朝班"。几回——是说到底有几回呢？见在朝时间很短。这句指杜甫在肃宗时为左拾遗事。

其六

瞿塘峡口曲江头①，万里风烟接素秋②。花萼夹城通御气③，芙蓉小苑入边愁④。珠帘绣柱围黄鹄⑤，锦缆牙樯起白鸥⑥。回首可怜歌舞地⑦，秦中自古帝王州⑧。

【解释】①这是第六首，忆长安曲江游幸之盛而伤乱致慨，是为所思之二。瞿塘峡——是长江三峡的第一个峡，在夔州东，是作者所在之地。曲江——又名曲江池，唐代在长安城南朱雀桥之东，开元中疏凿为胜境，烟水明媚，与乐游园、杏园、慈恩寺相近，是作者所思之处。曲江故址在今西安郊区曲江公社，距城约五公里。②风烟——写景中兼含兵象。素秋——秋当西方，属金，色白，故曰"素秋"。接——是说两地虽相隔万里，而秋色无边，正遥遥若接。其实是作者的感情作用。③花萼——玄宗在南内兴庆宫西南隅建花萼相辉楼。兴庆宫故址在今西安市兴庆公园。夹城——专供皇帝秘密来往而修的御道，两边有高墙，外人不得窥见。开元二十年，唐玄宗命从花萼楼到曲江、芙蓉园筑复道以便游幸，是为夹城。御气——天子之气。玄宗从花萼楼夹城来游曲江，故曰"通御气"。④芙蓉小苑——即芙蓉园，在曲江南。入边愁——从边地传来安禄山叛乱的消息。⑤珠帘绣柱——形容曲江宫殿楼阁的华丽。黄鹄（胡 hú）——天鹅。《西京杂记》载："昭帝始元元年（前86），黄鹄下建章（宫名）太液池中，帝作歌。"这里是说宫殿林立，到处环绕，故黄鹄若受包围。⑥锦缆牙樯（墙 qiáng）——缆是船索，樯是船桅。这是形容曲江中游船之侈盛。起白鸥——白鸥为之惊起。以上四句是追叙昔日曲江之繁华景象。⑦歌舞地——即指曲江。可怜——兼有可爱、可伤之意。⑧秦中——指关中。这句意在激励执政者自强，不要荒淫逸乐，以免帝王形胜之地，一朝化为戎马之场。

其七

昆明池水汉时功①，武帝旌旗在眼中②。织女机丝虚夜月③，石鲸鳞甲动秋风④。波漂菰米沉云黑⑤，露冷莲房坠粉红⑥。关塞极天惟鸟道⑦，江湖满地一渔翁⑧。

【解释】①这是第七首，写昆明池景物之盛，这是所思之三。昆明池——在长安西南二十里，周回四十里。汉武帝元狩三年（前120）所凿，故曰"汉时功"。池今不存，故址在今西安市西南斗门镇东南。②旌旗——旗帜。汉武帝凿池，本以习水战，故用"旌旗"二字。眼中——依稀可见。③织女——昆明池中有二石人，东为牵牛，西为织女，以象天河。当地亦称石公、石婆。遗物尚在，但已埋入地下。虚夜月——月明不织，故称虚。④石鲸——据《西京杂记》载：昆明池中有玉石刻的鲸鱼，每至雷雨之时，常鸣吼，鬐尾皆动，故曰"动秋风"，亦状石鲸之生动。石鲸至今尚在，现存陕西省博物馆中。⑤菰（姑 gū）——即茭白，其台中有黑者谓之茭郁，秋结实，即菰米。沉云黑——言菰米之繁殖，一望如云之黑。黑亦有茂盛意。⑥莲房——莲蓬。坠粉红——莲花色红，秋冷凋落，故曰"坠粉红"。以上四句写昆明池之景色。⑦关塞——指夔峡。极天——极言其高。鸟道——人不能到，唯鸟能通，极言其险。⑧江湖满地——犹言到处漂泊。渔翁——杜甫自谓。身阻鸟道，迹比渔翁，更见还京无期。著一"一"字，愈形孤独凄凉，亦大有目空四海之意。

其八

昆吾御宿自逶迤①，紫阁峰阴入渼陂②。香稻啄余鹦鹉粒，碧梧栖老凤凰枝③。佳人拾翠春相问④，仙侣同舟晚更移⑤。彩笔昔曾干气象⑥，白头吟望苦低垂⑦。

【解释】①这是第八首，写渼陂旧游之乐，这是所思之四。前三首所思蓬莱宫、曲江池、昆明池，皆属朝廷之事，此则个人游赏，故放在最后作收场。昆吾、御宿——二地名，在长安东南，汉属上林苑范围。自长安往游渼陂，必经昆吾、御宿二地。逶迤（威移 wēi yí）——道路蜿蜒曲折的样子。②渼陂（美皮 měi pí）——唐时长安西南的湖池胜景，源出于终南山，在今陕西省户县西。杜甫在长安时，曾同岑参等畅游渼陂，并写有《渼陂行》等诗。紫阁峰——终南山峰名，据说旭日照射，峰呈紫色，其形若楼阁，故名。峰在渼陂南面。③这两句为倒装句，即香稻是鹦鹉啄余之粒，碧梧是凤凰栖老之枝。极写昆吾、御宿物产之美。④佳人——指游春仕女。拾翠——采拾花草。相问——彼此互相问遗，即互赠礼物。⑤仙侣——指游春的伴侣。渼陂之美，有如仙境，故称同游者为仙侣。杜甫当年也曾与岑参等人同游渼陂，直至夜分，乐而忘返，故说"晚更移"。⑥干——触动，这里作吸引解。气象——指帝王的气象，即指唐玄宗。⑦吟望——低吟而望（长安）。低垂——俯首。"苦低垂"，一味地低垂着。是"吟望"之时痛苦忧伤的表情动作。最后两句收归自身作结，并总结八首，含有无限感慨。上句指昔日在长安献赋玄宗，以文采引起皇帝的注意；下句说现在虽穷困潦倒，老居异乡，但仍不忘故国，忧心国事。

咏怀古迹五首 (录二)

其一

支离东北风尘际①，漂泊西南天地间②。三峡楼台淹日月③，五溪衣服共云山④。羯胡事主终无赖⑤，词客哀时且未还⑥。庾信平生最萧瑟⑦，暮年诗赋动江关⑧。

【说明】这组诗是大历元年（766），杜甫寓居夔州时所作。诗人借咏古迹，来抒发自己的胸怀。五首分别咏庾信、宋玉、王昭君、刘备、诸葛亮诸人，彼此并无一定的内在联系，可各自独立成篇。这里选了其中的第一首、第三首。

【解释】①这开头第一首，主要叙写自己漂泊夔府，忧时感事的心情，兼怀庾信。支离——流离。风尘际——指战乱时期。这句概括安史乱后，杜甫入蜀以前在关中的颠沛流离生活。②西南——这里指杜甫流寓的四川。这两句高度概括，行程万里，历时十年，只叙事实，感慨自深。③三峡——在夔州以东，这里当指夔州。楼台——指杜甫在夔州所居的山阁。淹——久留。日月——犹岁月。指时间。④五溪——指在湖南、贵州、四川交界处居住的少数民族，他们喜穿五彩衣服。共云山——意思是共同杂居在高山云雾之中。夔州南与五溪相接，民俗也近似，故云。⑤羯（节 jié）胡——古代北方少数民族。这里指安禄山。事主——指侍奉皇帝。唐玄宗十分宠信安禄山，封其为东平郡王，身兼范阳、平卢、河东三镇节度使，但安禄山仍蓄谋发动了叛乱。所以诗人骂他"终无赖"。⑥词客——杜甫自谓。哀时——哀伤时局。未还——未能还乡。这一句从自己带出庾信。二人的遭遇颇有类似之处。⑦庾信——南北朝时期的诗人，字子山，初仕梁朝，梁元帝派庾信出使西魏，适逢西魏攻梁，被留北朝达二十七年之久。萧瑟——寂寞。这里是坎坷不得意的意思。⑧暮年——指庾信晚年。动江关——震惊海内的意思。庾信在梁时的诗文，绮艳空泛，格调不高。到了北朝以后，常有乡关之思，诗文感情真实，如有名的《哀江南赋》。杜甫在这里就是称赞他后期诗赋的感人力量。明咏庾信，实以庾信自况。杜甫这时漂泊西南，也写了大量感时抒怀的诗，内容充实，技巧也日益纯熟。

其三

群山万壑赴荆门①，生长明妃尚有村②。一去紫台连朔漠③，独留青冢向黄昏④。画图省识春风面⑤，环佩空归月夜魂⑥？千载琵琶作胡语⑦，分明怨恨曲中论⑧。

【解释】①这第三首吟咏昭君村的古迹，抒发对王昭君的伤吊之情，也流露着诗人对自己的隐隐哀怨。荆门——山名，在湖北省宜都县西北。这句是描述形容夔州到荆门这一带的山川气势，长江两岸千山万壑连绵不断，如顺水而下奔赴荆门。②明妃——王昭君，名嫱，汉元帝宫人。西晋时避晋文帝司马昭讳，改称明君，亦称明妃。村——指昭君村，在荆门山附近。③紫台——即紫宫或紫禁，天子宫廷。连——连接的意思。朔漠——北方沙漠地区。连朔漠，言一去之远。汉元帝竟宁元年（公元前33），将宫女王昭君以公主身份遣嫁匈奴呼韩邪单（蝉chán）于。④青冢（肿 zhǒng）——指王昭君墓，在今内蒙古自治区呼和浩特市南二十里。传说墓上草色常青，故称青冢。这两句是说，昭君远嫁匈奴和亲，一去不返。⑤画图——《西京杂记》中说：汉元帝宫中，宫女很多，不能一一面选，于是就按画像召见，因此宫女都贿赂画工。昭君不肯行贿，画工就把她画得很丑，当然得不到召见。后来匈奴使者来朝，求美人，元帝就按画图让昭君前去。临行前，昭君被召见，才发现她是后宫第一美人，元帝十分后悔，把画工毛延寿杀掉了。省识——略识。春风面——形容女子的美貌。⑥环佩——古时妇女佩戴的装饰品。这里即代指王昭君。这两句的意思是：当时元帝为画图所蒙蔽，召见之后，方才察觉昭君的美貌，但已经来不及了，只是徒然地让她死后的芳魂在月夜归来。⑦琵琶——原是胡人的一种弹拨乐器。胡语——即胡音，胡人的乐曲。⑧这两句的意思是说，千载以来的琵琶乐曲，都分明为王昭君的不幸遭遇发出哀怨之声。

壮　游①

往昔十四五，出游翰墨场②。斯文崔魏徒③，以我似班扬④。七龄思即壮，开口咏凤凰⑤。九龄书大字，有作成一囊⑥。性豪业嗜酒⑦，嫉恶怀刚肠⑧。脱略小时辈⑨，结交皆老苍⑩。饮酣视八极⑪，俗物多茫茫⑫。

东下姑苏台⑬，已具浮海航⑭。到今有遗恨，不得穷扶桑⑮。王谢风流远⑯，阖庐丘墓荒⑰。剑池石壁仄⑱，长洲荷芰香⑲。嵯峨阊门外⑳，清庙映回塘㉑。每趋吴太伯㉒，抚事泪浪浪㉓。蒸鱼闻匕首㉔，除道哂要章㉕。枕戈忆勾践㉖，渡浙想秦皇㉗。越女天下白㉘，鉴湖五月凉㉙。剡溪蕴秀异㉚，欲罢不能忘㉛。

归帆拂天姥㉜，中岁贡旧乡㉝。气劘屈贾垒㉞，目短曹刘墙㉟。忤下考功第㊱，独辞京尹堂㊲。放荡齐赵间㊳，裘马颇清狂㊴。春歌丛台上㊵，冬猎青丘旁㊶。呼鹰皂枥林㊷，逐兽云雪冈㊸。射飞曾纵鞚㊹，引臂落鹙鸧㊺。苏侯据鞍喜㊻，忽如携葛强㊼。快意八九年㊽，西归到咸阳㊾。

许与必词伯㊿，赏游实贤王(51)。曳裾置醴地(52)，奏赋入明光(53)。天子废食召(54)，群公会轩裳(55)。脱身无所爱(56)，痛饮信行藏(57)。黑貂宁免敝(58)，斑鬓兀称觞(59)。杜曲换耆旧(60)，四郊多白杨(61)。坐深乡党敬(62)，日觉死生忙(63)。朱门务倾夺(64)，赤族迭罹殃(65)。国马竭粟豆(66)，官鸡输稻粱(67)。举隅见烦费(68)，引古惜兴亡(69)。

河朔风尘起(70)，岷山行幸长(71)。两宫各警跸(72)，万里遥相望(73)。崆峒杀气黑(74)，少海旌旗黄(75)。禹功亦命子(76)，涿鹿亲戎行(77)。翠华拥吴岳(78)，螭虎噉豺狼(79)。爪牙一不中(80)，胡兵更陆梁(81)。大军载草草(82)，凋瘵满膏肓(83)。备员窃补衮(84)，忧愤心飞扬(85)。上感九庙焚(86)，下悯万民疮(87)。斯时伏青蒲(88)，廷诤守御床(89)。君辱敢爱死(90)？赫怒幸无伤(91)。圣哲体仁恕(92)，宇县复小康(93)。哭庙灰烬中(94)，鼻酸朝未央(95)。

小臣议论绝(96)，老病客殊方(97)。郁郁苦不展(98)，羽翮困低昂(99)。秋风动哀壑(100)，碧蕙捐微芳(101)。之推避赏从(102)，渔父濯沧浪(103)。荣华敌勋业(104)，岁暮有严霜(105)。吾观鸱夷子(106)，才格出寻常(107)。群凶逆未定(108)，侧伫英俊翔(109)。

【说明】这是一首杜甫自传性的长诗，作于大历元年（766）秋。通过诗人的回忆叙述，我们可以看到诗人青少年时代的读书漫游裘马清狂的快意生活；也可以看到诗人壮年以后，安史之乱前后的仕途坎坷和颠沛流离的困顿情景。从中不仅反映了杜甫个人不同时期的生活和精神状态；也从一个侧面反映了这一大段历史时期，唐王朝从盛到衰的社会面貌。这一篇诗的自传，为我们了解杜甫的生平经历、思想发展，提供了第一手的资料。

全诗以叙事为主，夹以抒情和议论，波澜起伏，层次井然，洋溢着深沉而强烈的感情。

【解释】①这里的壮字，不单指壮年，兼有豪壮和壮阔的意思。②翰墨场——文场、文坛。③斯文——指文学名流，文坛领袖。崔——指崔尚，武则天久视二年（701）进士。魏——指魏启心，中宗神龙三年（707）进士。当时二人在洛阳均有文名。徒——犹辈。④班扬——指汉代大作家班固和扬雄。⑤七龄——七岁。壮——豪壮。开口——随口即兴作诗。咏凤凰——指自己的一篇初期作品，以凤凰为题的，但没流传下来。⑥有作——指诗作。⑦业——既、又。这句是说，性格豪放又喜欢喝酒。⑧嫉恶——憎恶坏人坏事。刚肠——指心地刚直。⑨脱略——轻视的意思。小——这里作动词用。时辈——同时同辈的人。⑩老苍——老年而有成就的人。杜甫少时结交的诗友，年龄都比他大得多，如高适、李白，比杜甫大十多岁，李邕、郑虔、王翰比杜甫大二三十岁。⑪饮酣（憨 hān）——酒喝到微醉痛快之时。八极——八方极远之地，指寰宇之内。⑫俗物——指庸俗平凡的人。多茫茫——是说不放在眼里。以上为第一段，叙述少年时的才学、性格和交游。⑬姑苏台——春秋时吴王阖闾所建，遗址在今苏州市姑苏山上。这里指苏州一带地方。⑭航——大船。⑮穷——尽，到达。扶桑——木名。传说日出于扶桑。这里指日本国。⑯王谢——东晋时的两大名门士族，出了不少风流人物，如王导、谢安等。这以下十六句是历叙在吴越的闻见。⑰阖庐丘墓——吴王阖闾之墓，在今苏州市虎丘山上。⑱剑池——亦在虎丘山上。仄——倾斜。池上有石壁高数丈。⑲长洲——古苑名，遗址在今苏州市西南。芰（技 jì）——菱。这两句的意思是，历史久远，古迹荒芜，唯有剑池石壁依然陡立，长洲荷芰仍放清香。⑳嵯峨（搓鹅 cuó é）——形容高峻的样子。阊门——苏州北门。这以下四句写谒太伯庙。㉑清庙——即指吴太伯庙。映——影映。庙四周有池塘，倒影映入水面，所以说"映回塘"。㉒趋——前去拜谒。吴太伯——周代先王太王之子，季历之兄，吴王之祖。太王打算立季历为世子，长子太伯就主动让贤，故意逃到南方，远远回避了。㉓抚事——想到这些事，指太伯让贤事。浪浪——流泪不止的样子。意思是，杜甫想到古人让贤，而今人争权夺利，对比之下，不禁深为感叹，泪流不止。㉔匕首——短剑。吴公子光要杀吴王僚，以夺取王位，便设宴，席间派刺客专诸把匕首藏在蒸鱼的腹内，乘进食的机会，用匕首刺死了吴王僚。公子光遂立为王，这就是吴王阖闾。㉕除道——即修路。哂（审shěn）——轻笑。要章——腰间的印绶。要同腰。汉代朱买臣出身贫贱，受人轻视，妻子也改嫁他人。五十岁以后，买臣当了故乡会稽的太守，他故意穿着破旧衣服，来到家乡上任。当地方官吏见了他不理不睬，他才故意把腰间带着的官印微微露出，地方官吏大吃一惊，才知道他就是新上任的太守，急忙命百姓清除道路，隆重迎接。杜甫认为朱买臣这种行径很浅薄可笑。故曰"哂要章"。㉖枕戈——枕戈待旦，形容常备不懈，时刻不忘复国。本来是晋朝刘琨的事迹，这里借用来说勾践。春秋时，越国被吴国所灭，越王勾践忍辱复国后，"卧薪尝胆""十年生聚，十年教训"，终于一举灭掉了吴国。㉗秦皇——秦始皇，他曾渡浙江游会稽。㉘越——指浙江绍兴一带，古为越国都城。越女，越国以出美女闻名。㉙鉴湖——一名镜湖，在浙江绍兴，以风景优美闻名。㉚剡（善shàn）溪——在浙江嵊（胜shèng）县。蕴秀异——具有秀丽别致的风光。㉛罢——停止。

这句总说越地的古迹名胜人物山水令人难忘。以上为第二段，写吴越漫游（约自二十岁至二十四岁）。㉜天姥（母 mǔ）——山名，在今浙江新昌县东。这句说，杜甫由吴越北归洛阳，曾乘船经天姥山下。故曰"拂天姥"。㉝中岁——杜甫时年二十四岁，故曰"中岁"。贡——贡举。由州县推荐参加考试。旧乡——家乡。这年进士考试在洛阳举行。杜甫家居河南，由原籍推荐，故曰"贡旧乡"。㉞劘（摩 mó）——迫近。屈贾——指屈原和贾谊。垒——营垒。这里作"成就"的意思。这句是说，自己的诗赋已迫近屈原、贾谊的成就水平。㉟目短——看不起，短，低也，作动词用，它的宾语是"墙"。曹刘——曹植和刘桢，建安诗人。这句是说，对曹植和刘桢也敢于俯视。㊱忤（午wǔ）——抵触，不顺。下——下第、落榜。唐初进士考试由吏部考功员外主持，开元二十四年后，改由礼部侍郎主持。所以这里说"下考功第"。㊲京尹——京兆尹，京都的地方长官。这里指东京洛阳的地方官。㊳齐赵——指今山东和河北南部、河南北部一带。原为古代齐国、赵国的地方。放荡齐赵是杜甫的第二次漫游。㊴裘（求 qiú）——皮衣。裘马，指轻裘肥马。清狂——指清高狂放。㊵丛台——战国时赵王所筑楼台，故址在今河北省邯郸市，现辟为公园。㊶青丘——相传春秋时齐景公打猎的地方，在今山东省益都县一带。㊷鹰——指猎鹰。皂枥（立lì）

林——当是青丘一带的山林。逐——追赶。云雪冈——也是青丘一带的山地名称。㊹飞——指飞禽。纵鞚（控 kòng）——放马疾驰。㊺引臂——指伸臂放箭。鹙（秋 qiū）——秃鹰，猛鸷。鸧（仓 cāng）——雁类。㊻苏侯——指苏源明，杜甫的老朋友，天宝间有文名，曾为东平太守、考功郎中、知制诰等，后以秘书少监卒。㊼葛强——东晋时镇南将军，山简的爱将，常与山简出游打猎。这里杜甫用来自比。㊽快意——心欢意畅。㊾咸阳——这里指长安。以上为第三段，叙述齐赵漫游（约自二十五岁至三十五岁）。㊿许与——称赞、结交。词伯——诗文出众的人。51贤王——指宗室中爱才好学的人，如汝阳王李琎等。52曳（业 yè）——拖着。裾（居 jū）——衣襟。醴（里 lǐ）——甜酒。置醴——以甜酒敬客。用楚元王敬穆生，置醴以代酒的典故。这句是说，诗人衣着随便，在高贵的宴会中，受到特殊的礼遇。53奏赋——指杜甫献《三大礼赋》的事。明光——汉宫殿名，这里指唐朝宫殿。54废食召——这里极言唐玄宗对自己的重视，急速召见。55轩裳——车服。会——集会。这里指杜甫献赋后，在翰林院试文章时，到场的公卿很多，轰动一时。56脱身——摆脱。这句指杜甫辞河西尉事。杜甫在献《三大礼赋》后，待制（等候任职）集贤院。结果在天宝十四载（755），仅被任命为河西（在今陕西省）尉，被杜甫辞谢，没有赴任。杜甫在这里故意用洒脱语写失意事。(57)这句意思是，能够痛饮一醉，有官无官都无所谓。信——听任其自然。行——指出仕。藏——指隐居。(58)黑貂（刁 diāo）——一种珍贵的小兽，其皮可做裘，这里即指黑貂裘。宁免——岂免。敝——破。战国时苏秦到秦国求官，长期未被任用，穿的黑貂裘都破了。杜甫用来自比在长安的困顿处境。(59)斑鬓——两鬓斑白。兀——兀自，还要的意思。称觞——举杯饮酒。(60)杜曲——即杜陵，在长安城南，杜甫有家在此。耆旧——老人。换耆旧——指老年人不断去世。(61)白杨——古人坟旁多栽白杨。这句说，四郊墓坟增多。(62)坐深——古时习俗，年长者坐上位，自外内看，上位即在室屋深处。乡党——乡里亲友。这句意思是，自己的座次一天天往里移。(63)死生忙——越来越老，贺生吊死的事情也越多。(64)朱门——指达官贵人。务倾夺——意思是，彼此以倾轧争夺为事。(65)赤族——灭族。迭——更番、不断。罹（犁 lí）殃——遭祸。(66)国马——唐玄宗曾养舞马百匹，能伴着音乐，应节而舞，并能衔杯祝酒。马皆衣文采，饲以豆粟。国马即指此等马匹。(67)官鸡——唐时盛行以斗鸡为戏，宫中也养了很多鸡，以供宫廷之内的玩乐，也饲以稻粱。这两句揭露统治者的荒淫奢靡。(68)举隅——略举几点，如国马、官鸡事。烦费——各方面的浪费。(69)引古——以历史故事为鉴戒。惜兴亡——忧虑国家的衰亡。兴亡，是复词偏义，实单指衰亡。以上为第四段，叙述困守长安十年（自三十五岁至四十四岁）。⑦河朔——指河北地区。这句指天宝十四年，安禄山在河北范阳起兵反叛。⑦岷山——在四川。行幸——古代皇帝到达某地叫"行幸"。这句指唐玄宗逃奔入蜀。⑦两宫——指玄宗、肃宗。当时玄宗逃至成都，肃宗即位于灵武，故说"两宫"。警跸（毕 bì）——封建帝王出行时，禁止行人来往，实行戒严，叫"警跸"。⑦这句指两宫相隔万里，遥遥相望。⑦崆峒——山名，在甘肃平凉县，距肃宗即位的灵武不远。杀气黑——古人以兵事主杀气，其色黑。这句指肃宗至平凉收兵兴复。⑦少海——古代称太子为少海。旌旗黄——天子用黄色旌旗。这句指肃宗以太子身份在灵武即位。⑦命子——即传子，这句引用禹受舜禅以后，又传子启的事例，比喻肃宗受玄宗帝位后，也能传子俶（即广平王俶，后为代宗），令其出征立功。⑦涿鹿——山名，在今河北省涿鹿县东南，传说黄帝与蚩尤即战于涿鹿。亲戎行——指李俶为天下兵马元帅亲自出征。这句中以蚩尤比安禄山。⑦翠华——指天子旌旗。吴岳——即吴山，在今陕西省凤翔县。这句是说肃宗由灵武移驻凤翔。⑦螭（痴 chī）——传说中的一种无角龙。螭虎——比喻唐王朝官军。噉（旦 dàn）——吃。豺狼——比喻安史叛军。⑧爪牙——古时帝王的武将称"爪牙"，这里没有贬义。一不中——一击不中。指至德元载，房琯陈陶斜之败。⑧陆梁——即猖獗，猖狂。⑧大军——指唐朝官军。载——又。草草——一败涂地的意思。指至德二载五月郭子仪攻西京，败于清渠，退保武功。⑧瘵（债 zhài）——病。膏肓（荒 huāng）——相传人身上病鬼的巢穴，病入此处则不治。这句指国家的危机和人民的灾难愈来愈沉重。⑧备员——充数的官员。这是杜甫自谦的话。窃——谦辞。衮（滚 gǔn）——衮衣，古代帝王的礼服。补衮——补救皇帝的过失。这句是指至德二载，杜甫投奔凤翔，被授任左拾遗的事。左拾遗即是补救皇帝过失的谏官。⑧飞扬——指心神极度不安。⑧九庙——皇帝的宗庙。⑧疮——疮痍。比喻百姓的痛苦。⑧斯时——这时。伏青蒲——青蒲是皇帝卧室内铺的席子，汉元帝时史丹直入元帝卧室，伏在青蒲上泣谏。⑧廷诤——在朝廷上对皇帝谏诤。御床——皇帝的御座。这两句指杜甫上疏谏诤救房琯事。⑨君辱——皇帝受到欺辱。指安史之乱带给皇帝的灾难。敢爱死——岂敢顾惜生命？指杜甫冒死力谏，以补救皇帝的过失。⑨赫怒——赫然大怒。指杜甫上疏救琯，触怒肃宗。无伤——指杜甫经张镐说情，幸而未遭处罪。⑨圣哲——圣明贤哲，这里代指皇帝。体——实行，体现。这句是说，肃宗处事仁慈宽厚。⑨宇县——宇内、天下。小康——稍安。这句指两京收复，天下稍定。⑭庙——指九庙，天子宗庙。这句意思是，京师收复了，但九庙已被叛军烧毁，故哭于灰烬之中。⑮朝——朝见。未央——汉朝有未央宫。这里代指唐朝宫殿。以上为第五段，叙述安史之乱和做谏官的一段经历（约自四十五岁至四十七岁）。⑯小臣——杜甫自谓。左拾遗仅是个"从八品上"的小官，但却是皇帝身边的谏臣，能发表议论。议论绝——不能发表议论了。这里实指乾元元年六月，杜甫由左拾遗贬官华州司功参军。⑰客——这里用作动词，作客、客居。殊方——异地、他乡。杜甫从乾元二年七月，弃官华州司功参军起，经秦州入蜀，一直过着漂泊他乡的生活。⑱郁郁——苦闷的样子。⑲羽翮（何 hé）——翅膀。困低昂——不能展翅奋飞。这里是以鸟自比。⑳壑（贺 hè）——山谷、山沟。㉑蕙——香草。捐——散发。这里是以香草自比。㉒之推——介之推，春秋时晋国人，他跟随晋公子重耳流亡在外十九年。后重耳返国继位为晋文公，遍赏随从流亡的功臣，却忘了赏介之推。介之推也没说话，即隐藏于绵山，不再出来了。杜甫在这里以介之推自比。㉓渔父——《楚辞·渔父》篇末有隐士渔父歌："沧浪之水清兮，可以濯吾缨；沧浪之水浊兮，可以濯吾足。"以水浊比喻仕途污浊。杜甫在这里又以渔父自比。㉔敌——这里有胜过、超过的意思。㉕这两句的意思是：一个人的荣华富贵往往和勋业不能并存，勋业地位过高，到最后会招来不祥的结局。⑩鸱（吃chī）夷子——春秋时越国大夫范蠡。范蠡帮助越王勾践灭吴后，功成身退，泛游江湖，号鸱夷子皮。时李泌有重名，辞宰相不就，归隐衡山。杜甫或以李比范蠡。⑩才格——才能品格。出——超出。⑩群凶——指各种反叛唐王朝的势力。⑩侧伫（注zhù）——侧身伫盼。这句意思是，自己已老病废退，只能侧身伫盼着英俊豪杰出来收拾残局。以上为第六段，叙述流寓四川的近事，总结全篇。

解闷十二首 (录三)

其一

草阁柴扉星散居①，浪翻江黑雨飞初。山禽引子哺红果②，溪女得钱留白鱼③。

【说明】大历元年（766）杜甫流寓夔州，生活闲散，心情苦闷。诗人随意所至，吟成短诗，借以排遣愁闷。这组诗共十二首，或感事伤时，或怀古忆旧，或描写自然风光，或论述诗歌创作，内容相当庞杂。这里选录了其中的三首。

【解释】①这一首写夔州的风光习俗。星散——像天空的星斗一样分散列布。草阁柴扉——泛指当地居民的住所。②山禽——山鸟。哺——饲喂。③溪女——指江边妇女，溪女卖鱼当是夔州常见的现象。

其二

商胡离别下扬州①，忆上西陵故驿楼②。为问淮南米贵贱③，老夫乘兴欲东游④。

【解释】①这是一首赠别商胡的诗。商胡——经商的西域胡人。扬州——即今江苏省扬州市。唐朝时为一商业中心，外族商人很多。②西陵——在今浙江省萧山县西，旧有驿楼，风景幽美。杜甫早年游吴越时，曾登西陵驿楼，这时送商胡乘舟东下，又回忆起这个地方来。③淮南——指唐时的淮南道，在今湖北东北部及江苏、安徽一带，故治在扬州。这句是杜甫嘱咐商胡的话。④老夫——杜甫自谓。这句是暗示自己贫穷的解嘲话，因想乘兴东游，不免先打听一下淮南的米价和情况。

其七

陶冶性灵存底物①？新诗改罢自长吟②。孰知二谢将能事③，颇学阴何苦用心④。

【解释】①这一首是杜甫谈自己作诗的经验体会。陶冶（野 yě）——陶是制作瓦器，冶是熔铸金属，引申为培养、锻炼。性灵——性情和灵感。底物——何物、何事。存底物——意思是凭什么东西？②长吟——拖着长腔吟诵。这句说自己写诗后再反复吟诵，继续推敲修改。③孰知——熟知、深知。二谢——指南北朝时期的诗人谢灵运和谢朓。将能事——能用其所长。这句是说自己不能像二谢那样一挥而就，毋须苦吟。④阴何——指南北朝时期的诗人阴铿（坑 kēng）、何逊。这句意思是，自己只能学学阴铿、何逊那样刻苦用心写诗。这都是自谦语。

漫 成 一 首

江月去人只数尺①，风灯照夜欲三更②。沙头宿鹭联拳静，船尾跳鱼拨剌鸣③。

【说明】大历元年（766）春，"漂泊西南天地间"的大诗人杜甫，在垂暮之年，又乘船自云安（今重庆市云阳县）再到夔州（今重庆市奉节县）。由于这时他的衣食尚可保，心情也还好，因而途中夜泊，情随景生，信手写就这首清新可人的小诗。仇注："皆舟中夜景，各就一远一近说。"浦注："夜泊之景，画不能到。"林继中曰："画面鲜活！"查初白曰："绝句作两联，此体自公刱（创）之。"

【解释】①江月——头上明月倒映江中月影。月映江而近，故可尺量。去——距离。②风灯——风樯挂灯。樯，桅杆。一说风飐灯，风吹灯使颤动。灯飐风而昏，故知更次。③沙头——水边沙滩上。联拳——群聚貌。拨剌——鱼跃声。象声词。拨，或作"泼""跋"。白居易诗："避旗飞鹭翩翩白，惊鼓跳鱼拨剌红。"李白诗："双鳃呀呷鳍鬣张，跋剌银盘欲飞去。"意与杜同，而以拨为跋。吴（见思）云："末二句，即目前事写景，而情在其中。"

阁　　夜

　　岁暮阴阳催短景①，天涯霜雪霁寒宵②。五更鼓角声悲壮③，三峡星河影动摇④。野哭千家闻战伐⑤，夷歌几处起渔樵⑥。卧龙跃马终黄土⑦，人事音书漫寂寥⑧。

　　【说明】这首诗是大历元年（766）冬天，杜甫在夔州寓所西阁夜中所作。诗人流寓于荒偏的山城，面对峡中壮丽的夜景，听到悲壮的鼓角声，因而感慨万千。诗歌充满着悲切哀伤的情调。

　　【解释】①阴阳——指日月。景——日影，指白天。冬天日短夜长，所以说"催短景"。②天涯——天边。这里指夔州。诗人远离家乡，故称寓居的夔州为"天涯"。霁（际 jì）——雨雪初晴。这里形容寒夜雪光的明朗。③五更——古时将一夜分为五更，五更即近天明了。鼓角——战鼓号角。④星河——即天河。这句是说：天上星河映入江中，随着波涛动荡。⑤野——原野。野哭千家——指人民在战乱中死亡惨重。⑥夷歌——少数民族的歌。渔樵——渔人和樵夫。这句说，当地渔人樵夫唱着少数民族的山歌。⑦卧龙——指诸葛亮。跃马——指公孙述。二人当年都曾在夔州活动，在这里又都有祠庙，因此联想到他们。终黄土——终于葬身地下。这句意思是：像诸葛亮、公孙述这样的英雄豪杰也都不免一死，又何必为自己的得失挂怀呢？⑧人事——交游活动。音书——音信。漫——随他去，无可奈何的意思。寂寥——不复有闻，即交游断绝。杜甫爱好交游，关心国事，而处于荒峡之中，常常感到难以忍受的寂寞。

又呈吴郎

堂前扑枣任西邻①，无食无儿一妇人。不为困穷宁有此②？只缘恐惧转须亲③。即防远客虽多事④，便插疏篱却甚真⑤！已诉征求贫到骨⑥，正思戎马泪盈巾⑦。

【说明】大历元年（766）四月，杜甫到夔州，秋天，在夔州都督柏茂琳的帮助下，在东屯租得一些公田，于是就住在东屯，请了几个雇工，自己也参加耕稼活动。大历二年三月，杜甫又在瀼西买下四十亩柑林，又迁来瀼西。秋天，杜甫又从瀼西复迁回东屯。将瀼西草堂让给他一个姓吴的亲戚居住。这里堂前有些枣树，杜甫在时，西邻老妇时常来打枣子，杜甫并不加以干涉。而这位姓吴的一来便在堂前插上了篱笆，以防人打枣。于是老妇来向杜甫诉说，杜甫为此写了这首诗。是一封"诗的书札"，呈送给吴郎。题称"又呈"，应该是已有过一诗，这当是第二首。诗中情理说得宛转而深刻，表现了诗人对穷人的深切同情。

【解释】 ①任——任凭，放任。②宁——哪能，岂能？此——指西邻老妇打枣的事。这句是诗人为老妇开脱。③只缘——正是因为。恐惧——指老妇打枣时的心理。转须亲——反而要表示亲切，指杜甫过去对老妇采取的和善态度。④远客——远方的客人，指吴郎。虽多事——指老妇对吴郎不必要的猜疑。⑤疏篱——稀疏的篱笆。这两句的意思是，老妇见你插上篱笆，因此有点多心（当曾向杜甫诉说），但你这样做，却像要真的防范她打枣呢！这是杜甫劝止吴郎的宛转说法。⑥已诉——指老妇曾诉说过。征求——指官家征敛。贫到骨——是说已贫到一无所有了。⑦戎马——指战争。盈——满。这句是说：我想到战乱带给人民的灾难不觉泪沾满巾。

登　高

风急天高猿啸哀①，渚清沙白鸟飞回②。无边落木萧萧下③，不尽长江滚滚来。万里悲秋常作客④，百年多病独登台⑤。艰难苦恨繁霜鬓⑥，潦倒新停浊酒杯⑦。

【说明】这是杜甫的一首名作。时当大历二年（767）秋，在夔州所作。诗人于重阳节登高远眺，在一片萧瑟景象面前，激起了身世飘零的感慨。全诗八句都是工对，前四句写景，后四句写情。但景中也有情。

【解释】①猿啸哀——巫峡多猿，鸣声凄厉。②渚（主zhǔ）——水中的小洲。回——回旋。③落木——落叶。萧萧——秋风吹动枯叶的声音。④万里——指诗人离家万里。常作客——长期漂泊他乡。这句说明飘零异乡，不仅距离远，时间亦长。⑤百年——犹一生。多病——当时杜甫患有肺病、风湿病、糖尿病等多种疾病。独——孤独一人。⑥艰难——指自己的落拓处境，也兼指时局的动乱不安。苦恨——极恨。繁霜鬓——白发日多。⑦潦倒——衰颓、失意。这时杜甫因肺病戒酒，故说"新停浊酒杯"。诗人无限忧愁，又平生嗜酒，常借酒消愁，现在病得连酒也不能喝，岂不更加忧愁。

观公孙大娘弟子舞剑器行　并序

　　大历二年十月十九日①，夔州别驾元持宅②，见临颍李十二娘舞《剑器》③，壮其蔚跂④。问其所师？曰："余公孙大娘弟子也。"开元五载，余尚童稚，记于郾城观公孙氏舞《剑器浑脱》⑤，浏漓顿挫⑥，独出冠时⑦。自高头宜春、梨园二伎坊内人⑧，洎外供奉舞女⑨，晓是舞者⑩，圣文神武皇帝初⑪，公孙一人而已⑫！玉貌锦衣⑬，况余白首⑭！今兹弟子⑮，亦匪盛颜⑯。既辨其由来，知波澜莫二⑰。抚事慷慨，聊为《剑器行》。昔者吴人张旭善草书、书帖⑱，数尝于邺县见公孙大娘舞《西河剑器》⑲，自此草书长进，豪荡感激⑳，即公孙可知矣㉑！

昔有佳人公孙氏，一舞《剑器》动四方㉒。观者如山色沮丧㉓，天地为之久低昂㉔。㸌如羿射九日落㉕，矫如群帝骖龙翔㉖。来如雷霆收震怒㉗，罢如江海凝清光㉘。绛唇珠袖两寂寞㉙，晚有弟子传芬芳㉚。临颍美人在白帝㉛，妙舞此曲神扬扬㉜。与余问答既有以㉝，感时抚事增惋伤㉞。先帝侍女八千人㉟，公孙《剑器》初第一㊱。五十年间似反掌㊲，风尘溅洞昏王室㊳！梨园弟子散如烟㊴，女乐余姿映寒日㊵。金粟堆南木已拱㊶，瞿唐石城草萧瑟㊷。玳筵急管曲复终㊸，乐极哀来月东出㊹。老夫不知其所往㊺，足茧荒山转愁疾㊻！

【说明】公孙大娘是玄宗开元年间享有盛名的舞蹈家，她的舞《剑器》，是一种戎装持剑的"剑舞"（即武舞），舞起来浏漓顿挫，冠绝一时。杜甫幼年在郾城曾看到过公孙大娘的舞姿，留下不可磨灭的印象。大历二年（767），杜甫流寓夔州，又看到了公孙大娘的弟子李十二娘舞《剑器》，刚健洒脱，颇得师传。但这两次观看舞蹈，时隔五十年，人间经历了沧桑巨变，诗人抚今追昔，无限伤怀。

杜甫对艺术有着广泛的爱好，当时不少的著名画家、音乐家、书法家、舞蹈家，都得到杜甫的高度赞赏，并用诗歌形象地记述了他们在不同的艺术领域中的非凡造诣。这首诗就是最出色的一首。

【解释】①大历——唐代宗李豫的年号。②别驾——官名，州刺史的属员。元持——人名。③临颍（影 yǐng）——在今河南省临颍县西北。④壮——这里用作动词，有赞赏、钦佩的意思。蔚跂（企 qǐ）——光彩焕发而雄健凌厉。⑤郾（掩 yǎn）城——今河南省郾城县。开元五年（717）杜甫六岁，曾家居于此。剑器浑脱——是剑器和浑脱两种舞的综合舞。⑥浏漓（流离 liú lí）顿挫——流畅活泼而富有节奏。⑦独出——独树一帜的意思。冠时——在当时数第一。⑧高头——即前头，指在皇帝面前。宜春——即宜春院。宜春院和梨园，都是唐玄宗宫内教练歌舞的地方。即所谓伎坊，也称教坊。宜春院、梨园设在宫禁内，是内教坊，也可以说是内供奉。⑨洎（jì）——及。外供奉——指设在宫禁外的左、右教坊，以及其他一些随叫随到的歌舞伎人。⑩晓——明白、精通。是——这，此。是舞——即指上面说的"剑器浑脱"。⑪圣文神武皇帝——即唐玄宗。⑫公孙——即公孙大娘。⑬玉貌锦衣——指公孙大娘当时年轻美貌衣着华贵。⑭白首——白发苍苍。这句意思是：如今我都老成这个样子，那公孙大娘就更不用提了。⑮兹——这。弟子——指李十二娘。⑯匪——非，不是。盛颜——年轻的容貌。⑰辨——明白、弄清。由来——指李十二娘舞艺的师承渊源。波澜——指舞蹈技艺风格。莫二——没有两样。⑱张旭——唐代书法家，擅长草书，时有"草圣"之称。吴人——家在江苏苏州一带。⑲尝——曾经。邺（业 yè）县——今河南省安阳市。西河剑器——也是剑器舞的一种。⑳感激——激动人心。㉑即——则。这句意思是，公孙大娘的舞蹈，能启发"草圣"张旭，增进书法艺术，那么她舞艺的高超便可想而知了。㉒动四方——轰动四方。㉓如山——形容人多。色沮（举 jǔ）丧——形容舞蹈让观众眼花缭乱，惊心动魄，面色为之改变。㉔低昂——上下震荡。㉕爥（霍 huò）——光芒闪烁的样子，指舞的剑光。羿（亿 yì）射九日——古代神话传说，在尧的时代，十个太阳一起出来，庄稼草木都被晒死，尧就派羿去射日，射中了九个。这里用来形容舞姿的光彩夺目。㉖矫——矫健。群帝——众天神。骖（餐 cān）龙翔——驾驭着龙在天空翱翔。㉗雷霆——形容击鼓声。收震怒——大概舞者在鼓声骤然而止时出场。㉘罢——结束。这句以江海平静时水天一色的光景，来比喻舞蹈的停顿静止。㉙绛（匠 jiàng）唇——红唇，指青年时代的公孙大娘。珠袖——舞衣，指公孙大娘的舞姿。两寂寞——都无声无息，指人与舞俱亡了。㉚芬芳——香气。这里

杜甫诗选注（普及本）

指美妙的舞艺。传——继承下来。㉛美人——指李十二娘。白帝——白帝城，指夔州。㉜神扬扬——指神采飞动。㉝以——因、由来。这句意思是说，在问答中了解到她的来历经过。㉞时——时局。事——即指这次观看舞蹈事。怅伤——怅昔悲伤。㉟先帝——对死去的皇帝的称呼，这里指唐玄宗。八千人——言其多，不一定是确数。㊱初——当初。㊲反掌——反掌之间，极言时间流逝之快。㊳风尘澒（hòng）洞——天昏地暗的意思，指安史之乱。昏——这里用作动词，昏王室——使皇室昏暗。㊴梨园弟子——梨园是玄宗在宫禁内设的教坊，玄宗并亲教法曲，称其中的歌舞伎人为梨园子弟。散如烟——像烟一样消散。㊵女乐——歌女、舞女。余姿——容颜中衰，指李十二娘。观舞时在十月，故曰"映寒日"。㊶金粟堆——即金粟山，在今陕西省蒲城县东北。玄宗的泰陵即在此。木——树。已拱——有双臂合抱粗细。玄宗死在宝应元年（762）四月，至此时已五年多了。故说玄宗陵墓前的树已有合抱粗了。㊷瞿唐石城——指夔州，依山石为城，下临瞿塘峡。故称瞿塘石城。萧瑟——萧条冷落。这里写自然景色，也兼喻诗人自己的处境。㊸玳（代 dài）筵——盛宴。指元持宅中的宴会。急管——急促的管乐声。终——结束。㊹这句的意思是：欣赏着舞蹈，联想往事，不免乐极生悲，月亮也从东方升起了。㊺老夫——杜甫自称。不知其所往——不知到什么地方去好。㊼足茧（俭jiǎn）——脚掌磨出的硬皮。疾——速。这两句的意思是：我心潮起伏，不知往哪里去。双脚生茧，在荒山中乱走，因为忧伤而走得更快了。

江　汉

江汉思归客①，乾坤一腐儒②。片云天共远③，永夜月同孤④。落日心犹壮⑤，秋风病欲苏⑥。古来存老马⑦，不必取长途⑧。

【说明】大历三年（768）秋天，杜甫漂泊至湖北公安。这里地处长江、汉水之间。诗题作《江汉》，或当作于此时。诗人长期飘零，历尽艰辛，至老仍身如浮云，行止无定，心中颇多感慨。但诗人没有因环境困顿年老多病而悲观消沉，诗中依然表现出那种"烈士暮年，壮心不已"的顽强精神。

【解释】①思归客——杜甫自谓，因为身在江汉，却时刻思归故乡。②乾坤——天地间。腐儒——也是指自己。腐儒，这里实际上是指不会迎合世俗、不知变通的正直的读书人。这句中诗人有自嘲的意思，但口气上也颇自负。言外之意是，身在漂泊，心忧国家，天地之间，像我这样的"腐儒"还能有几个呢？③共——指诗人与片云相共。这句是慨叹自己和浮云一样在远天飘荡。④永夜——长夜。这句是说，自己同孤月一起度过长夜。⑤落日——借指暮年。时年杜甫五十七岁。⑥苏——苏活。病欲苏——是说病快要好了。⑦存——留养。老马——指杜甫自己。⑧长途——长途奔跑。这两句用了"老马识途"的故事。《韩非子·说林》说，齐桓公征伐孤竹以后，在返回途中迷失了道路。管仲提出个办法说，老马的智慧可以发挥了。就放老马在最前面领路，于是很快就找到了归道。句子的意思是，古代留用老马，虽然它不能再长途奔跑，但可以使用它的智慧。这里流露出诗人虽年老多病，但依然怀有为国效力的志向。

蚕 谷 行

天下郡国向万城①，无有一城无甲兵②！焉得铸甲作农器③，一寸荒田牛得耕④。牛尽耕，蚕亦成。不劳烈士泪滂沱⑤，男谷女丝行复歌⑥。

【说明】 这首诗大概作于大历元年（766）至大历四年（769）之间。这时安史之乱虽已平息，但各地藩镇仍不时作乱，全国并不太平。诗人已饱尝战乱痛苦，目睹了长期战争带给国家和人民的巨大灾难，所以急切希望早日停止战争，士兵解甲归田，让天下百姓都能过上男耕女织安居乐业的日子。这正表达了当时广大人民的理想愿望。

【解释】 ①向——将近。郡、国——都是汉初地方最高一级的行政区划之称。这里指唐朝的州县。②甲兵——指战争。③焉得——安得、怎得？铸甲作农器——将甲兵武器销毁、铸成农具。④一寸——每寸，意思是不荒废一寸土地。⑤烈士——指战士，也就是被强征去穿上戎装的农民。泪滂沱（pāng tuó）——形容泪水之多如滂沱大雨。⑥谷丝——这里用作动词，男谷女丝，即男种谷女缫丝的意思。行复歌——即一边走，一边歌唱。

登 岳 阳 楼①

昔闻洞庭水②，今上岳阳楼。吴楚东南坼③，乾坤日夜浮④。亲朋无一字⑤，老病有孤舟⑥。戎马关山北⑦，凭轩涕泗流⑧。

【说明】 大历三年（768）冬十二月，杜甫由江陵、公安一路又漂泊到岳阳，登上了诗人久闻盛名的岳阳楼。岳阳楼是岳阳城西门楼，濒临烟波浩渺的洞庭湖。诗人纵目遥望，遐想联翩。诗歌前半赞叹洞庭湖的宏伟壮阔；后半抒发自己身世飘零和国家多难的感慨。虽然也是感事伤怀，但全诗意境浑厚，气势磅礴，无抑郁低沉之感，而有悲壮振奋之情。

【解释】 ①岳阳楼——在今湖南省岳阳市。②昔闻——意为过去仅是听说。③吴楚——春秋时二国名，其地在我国东南部，今湖南、湖北、江西、安徽、江苏、浙江一带。坼（彻 chè）——分裂。这句是说，辽阔的吴楚两地，就是被洞庭湖一水分割。④乾坤——天地。这句是说，极目远望天水相连，好像整个天地都日夜浮动在苍茫的湖面上。⑤无一字——指没有一点音信。⑥老病——杜甫时年五十七岁，身患多种疾病。有孤舟——指仍过着飘零生活。诗人晚年的漂泊都是在船上。这句是杜甫的实况。⑦戎马——指战争。这年秋冬，吐蕃又侵扰陇右、关中一带。这句是说，北方仍有战争。⑧凭轩——倚靠楼栏。涕泗——眼泪鼻涕，形容十分哀痛，不禁哭泣起来。

岁 晏 行

岁云暮矣多北风①，潇湘洞庭白雪中②。渔父天寒网罟冻③，莫徭射雁鸣桑弓④。去年米贵缺军食⑤，今年米贱大伤农⑥。高马达官厌酒肉⑦，此辈杼柚茅茨空⑧。楚人重鱼不重鸟⑨，汝休枉杀南飞鸿⑩。况闻处处鬻男女⑪，割慈忍爱还租庸⑫。往日用钱捉私铸⑬，今许铅锡和青铜⑭。刻泥为之最易得⑮，好恶不合长相蒙⑯。万国城头吹画角⑰，此曲哀怨何时终⑱？

【说明】这首诗作于诗人晚年漂泊湖南时期，当在大历三年（768）冬，或大历四年冬。诗歌从多方面反映了当时劳动人民，包括少数民族人民，在繁重的赋税剥削下，所过的痛苦生活。诗中还把达官贵人和平民百姓贫富极端不均的现象做了尖锐的对比。这些都是当时社会现实的真实写照。诗人表达了对这种社会现实的愤懑不平和对广大人民的深切同情。

【解释】①岁云暮矣——即岁暮。云、矣都是语助词。②潇湘——即指湘江，水入洞庭湖。③网罟（古 gǔ）——渔网。因天寒，渔网也结冰，故无法捕鱼。④莫徭——居住在湖南一带的少数民族。桑弓——桑木做的弓。鸣——响，开弓射箭时有声响。⑤这句说，去年因缺军粮而米价贵。⑥这句说，今年米贱了农民更吃了亏，因农民须粜米换钱纳租。⑦高马——高头大马。厌酒肉——吃腻了酒肉。⑧此辈——即指上面说的渔父、农民和少数民族的猎户。杼（住 zhù）、柚（轴 zhóu）——都是织布机上的部件，这里代指织布机。茅茨（词 cí）——草房。空——空无一物。这句是说，这些人除了织布机，屋子里都一无所有。⑨楚——古代国名，这里即指湖南。当地习俗喜爱吃鱼而不吃禽鸟。⑩汝——你，指莫徭猎户。枉杀——白白射死。鸿——大雁。⑪鬻（育 yù）——卖。男女——即儿女。⑫割慈忍爱——指父母卖儿女时的痛苦心情。还租庸——交纳赋税。

唐时赋役制度实行租庸调法，按年交纳一定的谷物叫"租"；按年服一定时间的徭役叫"庸"；按年交纳一定的绢帛叫"调"。这里说的"租庸"，是泛指一切苛捐杂税。⑬捉私铸——唐初严禁私人铸钱，私铸者处死。⑭和——掺杂。这两句抨击安史之乱以后，朝廷纵容私人铸钱的流弊，他们在青铜里掺杂上铅锡，往往以官钱一钱铸私钱五六钱，以牟取暴利。⑮刻泥句——指刻泥为钱，以泥铸钱。这是一句恨透了的气话。⑯好恶——指好钱和坏钱。这句意思是：不应让坏钱长期冒充好钱使用。⑰万国——即万城，指遍地。画角——指军中的号角，代指战争。⑱哀怨——指诗里所表述的不平之情。

清 明 二 首 (录一)

其二

此身飘泊苦西东①，右臂偏枯半耳聋②。寂寂系舟双下泪③，悠悠伏枕左书空④。十年蹴鞠将雏远⑤，万里秋千习俗同⑥。旅雁上云归紫塞⑦，家人钻火用青枫⑧。秦城楼阁烟花里⑨，汉主山河锦绣中⑩。春去春来洞庭阔⑪，白蘋愁杀白头翁⑫。

【说明】这是一篇七言排律。大历四年（769）春天，杜甫从岳州初至潭州（今湖南省长沙市）时所作。清明节在唐代是一年之中的重大节日。诗人漂泊异乡，适逢佳节，心中倍增感触。诗中有十年飘零生活的痛苦回忆；有对自己年老多病仍无归宿的感叹；有对梦寐萦思的京城和故乡的怀念。即使在忧烦痛苦之中，诗歌仍然闪发着一种开朗阔大的气概和精神。

【解释】①此身——杜甫自指。西东——到处漂泊的意思。②偏枯——即今天所说的偏瘫病。半耳聋——此时杜甫左耳已聋，故说半耳聋。③寂寂——寂寞冷落。系（xì）——拴。系舟——即停船的意思。④悠悠——形容缓慢无力的样子。左——指左手。因杜甫右臂已瘫痪。书空——用手指在空中虚画字形。东晋殷浩因北伐兵败被免官以后，整天用手指在空中虚画字形，写"咄咄怪事"四个字。此处表示胸中苦闷。⑤十年——指杜甫漂泊的十年。诗人自乾元二年（759）十二月入蜀，到这时已整十年了。蹴（促 cù）——踢。鞠（居 jū）——古代的一种皮球。蹴鞠，是当时一种踢球的运动游戏。清明节有这种游戏的习俗。将雏（除 chú）——带着幼子。雏，原指小鸟。对人称自己的幼子为"雏"，是一种谦称。这句的意思说：诗人带着家小远行在外已过了十个清明节了。⑥秋千——打秋千，也是清明节时的一种游戏。这句意思是说：家乡和这里相距万里，但在清明节打秋千的习俗是相同的。⑦旅雁——旅途中的飞雁。上云——飞上云端。紫塞——相传秦筑长城，土呈紫色，故称紫塞。这里泛指北方的关塞。这句的意思是：清明时节天气转暖，大雁北归高飞入云，引起了诗人思乡北归的情绪。⑧钻火——钻木取火。青枫——楚地的一种树木。这句意思是，全家仍羁旅在湖南。⑨秦城——秦国京城，这里指长安。⑩汉主——汉朝君主，这里借指唐天子。这两句是杜甫遥想当时长安的烟花春景。⑪春去春来——年复一年的意思。⑫白蘋——一种水生植物，开白花。白头翁——杜甫自谓，诗人此时已很苍老了。

江南逢李龟年

岐王宅里寻常见①，崔九堂前几度闻②。正是江南好风景，落花时节又逢君③。

【说明】李龟年是唐玄宗开元、天宝时期声名赫赫的大歌唱家。杜甫少年时代曾在洛阳听到过他的演唱。安史乱后李龟年也流落江南。大历五年（770）春末，杜甫在长沙与李龟年又偶然相遇，前后已隔四十多年了。诗人不胜今昔之感，写了这首有名的绝句。语极平易，而含意深远。有人称扬这是杜诗的压卷之作。

【解释】①岐王——唐玄宗的弟弟李范，以好学爱才著称，雅善音律。寻常——经常。②崔九——崔涤，九是其排行，中书令崔湜的弟弟，曾任殿中监，出入禁中，得玄宗宠幸。③落花时节——指春末。落花的含意甚多，彼此的衰老飘零、社会的凋敝丧乱都在其中。君——指李龟年。

白　　马

白马东北来，空鞍贯双箭①。可怜马上郎②，意气今谁见③？近时主将戮④，中夜伤于战⑤。丧乱死多门⑥，呜呼泪如霰⑦。

【说明】大历五年（770）四月八日，湖南兵马使臧玠（介jiè）杀死潭州刺史兼湖南都团练观察使崔瓘（贯guàn），据潭州叛乱。杜甫这时正在潭州，因事变发生在夜间，杜甫不得不在半夜里，随着逃难百姓一起逃出潭州，又乘船去衡州（今湖南省衡阳）。这首诗就是写战乱初起时的途中所见。

【解释】①空鞍——表示鞍上骑马人已经战死。贯——穿透。②马上郎——指原来骑马的人。③意气——指马上郎的英武气概。④主将——指崔瓘。戮——被杀。⑤中夜——半夜。臧玠发动叛变时在半夜。⑥死多门——指在战乱中人们随时随地都有死去的危险。⑦霰（宪xiàn）——雪珠。

逃　　难

五十白头翁①，南北逃世难②。疏布缠枯骨③，奔走苦不暖。已衰病方入④，四海一涂炭⑤。乾坤万里内⑥，莫见容身畔⑦。妻孥复随我⑧，回首共悲叹。故国莽丘墟⑨，邻里各分散。归路从此迷⑩，涕尽湘江岸⑪。

【说明】这一首诗当作于大历五年（770），杜甫为了避臧玠之乱，在又一次的逃难途中所作。诗人从眼前的逃难，追溯到二十年来颠沛流离的苦难经历。可以说这首诗是后半生飘零生涯的概括总结。诗歌也反映了诗人在生命的最后阶段那种感伤情绪。虽然是叙述个人的悲惨遭遇，但也反映了长期动乱万方多难的社会现实。

【解释】①五十——五十岁。这句先追溯逃难生活的开始。实际上杜甫从安史之乱爆发后的至德元年，这种生活就开始了，当时诗人仅四十五岁，说五十，是举其成数。②世难——战乱。③疏布——指衣服的敝旧。枯骨——指身体的瘦弱。缠——表示胡乱穿着。④衰——衰老。这句说，因为衰老，所以容易得病。⑤四海——天下。涂炭——烂泥炭火。这句意思是，整个国家人民都陷于水深火热之中。⑥乾坤——天地。⑦莫——不。畔——旁边，指身旁极小的地方。⑧妻孥（奴 nú）——妻子儿女。⑨故国——这里指故乡。莽丘墟——已变成草木丛生的废墟。⑩归路——归家的道路。迷——迷失方向。⑪涕——泪。湘江——在湖南省境内，时杜甫避乱于湘江之上。的的确确，诗人忧国忧民的眼泪，是一直流到他在这条湘江的船上停止呼吸才算完的。

附一　怎样才能深入地理解杜诗
——在北京师范学院的演讲

这是一个很现实、很具体、很有意义的问题，但也是一个难题。现只能就个人的粗浅体会提出几点意见，并结合同学们提出的其他一些具体问题来谈一谈。

我想分三方面来谈，即态度、基础知识和学习方法。

1. 先谈态度方面。在对待杜诗的态度上，我认为首先就是要"虚心"。杜甫自己就是一个最虚心的人。他不但向古代作家、古代民歌学习，而且也向当时几乎所有的作家学习。在他身上我们找不到一点"文人相轻"的习气。唐人爱诗如命，也爱诗名，但杜甫却把天下第一送给李白和高适。他推崇李白说："白也诗无敌。"又推崇高适说："独步诗名在。"当他们死后，杜甫还把他们比作天马而自比凡马："乘黄已去矣，凡马徒区区。"对于岑参、王维、孟浩然、孟云卿、薛据、元结等人的诗，他都有恰当的评论和赞扬。在文学史上我们还没有发现过第二个能够这样虚心、这样"乐道人之善"的人。大家知道，李白和韩愈都是鄙薄齐梁的，李白说"自从建安来，绮丽不足珍"。韩愈更说"齐梁及陈隋，众作等蝉叫"。但杜甫却并不一概抹杀。正由于他的虚心学习，所以他能成为一个"集大成"的作家。这集大成特别明显地表现在现实主义的传统方面。

对于这样虚心的、集大成的作家的作品，我们读者能够不虚心吗？只有虚心，我们才能对杜诗进行深入的探索，才会产生深入理解杜诗的愿望和要求。如果以为杜诗也不过如此，虚心这道门儿一关死，便无法深入进去。我们永远也不要忘记毛主席教导我们的那两句名言："谦虚使人进步，骄傲使人落后。"

其次，是要"细心"。粗枝大叶，做事情不行，学习、研究也不行。前人说"心粗者无一事有成"，虽不免夸大，却也有理。

我们知道，杜甫是一个"语不惊人死不休"的诗人，要求自己非常严格，写作态度非常严肃，他不是一挥而就，而是"新诗改罢自长吟"。他还说："百年歌自苦，未见有知音。"又说："文章千古事，得失寸心知。"这都证明他作诗是十分用心的、认真的。他要求一首诗的艺术性要达到"毫发无遗憾"的地步。他真是做到一字不苟。所以皮日休说杜甫的诗"纵为三十车，一字不可捐"。就是说连一个闲字都没有，不能少一个，也不能改动一个字。欧阳修《六一诗话》载有这样一个故事：

陈从易得到一部杜诗，其中有句"身轻一鸟过"，"过"字脱去了，于是几个人就来补，或说"疾"，或说"落"，或说"起"和"下"，做不出决定。后得善本，原来是"过"字，他们这才认输，说是"虽一字不能到"。这故事是可信的，因为苏东坡已当作典故使用了，他曾有两句诗："如观老杜飞鸟句，脱字欲补知无缘。"当然，这只是一个例子。

杜甫作诗既是如此细心，一字不苟，那么我们读的人也就应当细心，一字不苟。前人说杜诗"笔力透过纸背"，那么我们的眼光也就应当透过纸背，而不要停在纸面上。《围炉诗话》说："读诗与作诗，用心各别。读诗心须细，密察作者用意如何？布局如何？措辞如何？而后有得于古人。"我以为读杜诗更要细心，更要倍加小心。因为他确实不是灵机一动，随意挥洒，而是惜墨如金，"字字不闲"。金圣叹说："先生（杜甫）之诗，已到极细，极细则为人所不易窥。"这话是有道理的。

有同学说：读《自京赴奉先县咏怀五百字》只能领略一些感情比较鲜明的诗句，如"穷年忧黎元""彤庭所分帛""朱门酒肉臭"等，不能把全诗融会贯通起来理解这首诗的伟大、深刻的感情。

我觉得不是"不能"，而是一个细心的问题，至少和细心有关。"穷年忧黎元"是这首诗的中心思想，也是全部杜诗的中心思想，它像一条红线一样贯串着这首诗和他的全部诗作。同学们对这一句诗是注意到了而且能领略，但却没有进一步把它作为一根线索来贯串全诗，而是多少有点把它孤立起来看。

这首诗共分三大段。第一段表白他自己的平生怀抱和种种思想矛盾，他也想学退隐的巢由，"潇洒送日月"，但没有。为什么？还不是为了"穷年忧黎元"，放不下多灾多难的老百姓吗？第二段写的是当前的感怀，是"穷年忧黎元"的具体表现。正因为"穷年忧黎元"，所以能够而且敢于揭露统治阶级的罪恶。第三段写的是对将来的忧怀，对国家前途和广大人民命运的担心。同样是"穷年忧黎元"这一思想的具体表现。所以他能够在自己饿死了孩子的悲惨情况下，还一心想到比自己更苦的"失业徒""远戍卒"。

我们可以这样说，"穷年忧黎元"是这首诗的统帅，所有各段叙述描写都是在这个统帅的指挥下开展起来的，都是这一句诗的注脚。如果不联系起来看，抽掉了它的具体内容，那这句纲领性的诗句也就要变成"空军司令"，变成一句抽象的说教、一句无血无肉的空话、一句宣言。

杜甫说他自己的作品是"沉郁顿挫"，大家也公认杜诗是"沉雄"或者说"沉著"，总离不开一个"沉"字。轻飘飘的东西是说不上"沉"的，只有分量重的东西才会往下沉。杜甫的感情本来就是充沛的、热烈的、深厚的，同时在表达感情时，他又非常概括、凝练，没有废话，没有多余的字。这就使得他的诗更显得重。他不是一句话作几句话说，而是几句话作一句话说。在这一点上，他和白居易的风格是大不相同的。因为他的诗句往往是话中有话，所以我们就应该仔细琢磨，眼光不要太浮，停在纸面上、字面上；也不要太滑，一目十行，对于读杜诗，我以为是行不通的。比如这首诗的打头两句便十分有分量，"杜陵有布衣，老大意转拙"，便含有好几层意思，突出了一个不平凡的伟大的人格。又如"老妻隔异县"几句，也是十分厚重感人的，尤其是"庶往共饥渴"那一句。

在态度方面，"耐心"，我觉得对理解杜诗也很重要。所谓耐心，我的意思是要经常地虚心和细心。有时虚心有时又不虚心，有时细心有时又不细心，就不能说有耐心。这也是由杜诗这一客观存在的特殊性所决定的。它本来就是耐人寻味的，不能性急。明人陈继儒说："少年莫漫轻吟咏，五十方能读杜诗。"（《读少陵集》）黄生说："读唐诗，一读了然，再过亦无异解。惟读杜诗，屡进屡得。"都是经验之谈。谁也不能说，我们对杜诗的艺术造诣已经全部发掘无遗。

我们不要怕"熟"，适当的背诵是有好处的，但要自觉自愿。"熟"和深入是有关系的。对诗歌来说，吟咏讽诵本身就有助于理解的深入。在文学，具体地说在诗歌的学习上，我是主张背诵的。杜甫本人就是"读书破万卷""群书万卷常暗诵"的。马雅可夫斯基也是能成本地背诵前人的诗歌的。

2. 现在再谈基础知识方面的问题。在这方面，我认为首要的是具备马列主义的文艺理论知识，特别是毛主席的文艺思想。没有理论，等于没有工具不能干活，没有武器不能作战。一句话，没有正确的理论，我们便会感到寸步难移，更说不上深入理解。

比如说，我们为什么说杜甫是我国文学史上伟大的现实主义诗人，还不是根据新的文艺理论做出的结论吗？还不是因为他的诗符合现实主义创作方法的原则和要求吗？我们说"三吏""三别"是杜甫现实主义诗歌的最高峰，也是有其理论上的依据的。当然，我们也要防止生搬硬套、牵强附会。

文学有文学的特点，文学中的诗歌又有诗歌的特点，了解这些特点，才能把观点和材料统一起来，结合起来，才能有新的发现。关于前人的评论，我们也不要忽视。

其次，是一定的历史知识和对作者生平的了解。杜诗号称"诗史"，和时代有密切关系，不清楚它的时代背景，不仅不能做深入的理解，而且往往会流于片面、表面，甚至歪曲作者原意。同学们提到"三吏""三别"，现即以此为例。

如果我们不了解这六首诗的写作时代是国家岌岌可危、千钧一发的时代，不了解当时所进行的战争性质是反民族歧视和压迫的正义战争，那么我们对杜甫在这六首诗中，特别是在大家提到的《新安吏》这首诗中所表现的自相矛盾的情况，便不能做出正确的解释，甚至要感到奇怪，感到纳闷，以致不惜歪曲诗意。比如傅庚生先生在《杜诗散绎》一书中，便把"我军取相州"以下都理解为新安吏的话，认为是新安吏在欺骗人民而不是杜甫的劝勉。这样一来，表面上好像解决了杜甫前后自相矛盾的问题，好像是照顾了、保存了杜甫始终同情人民的完整的人格。实际上是抹杀矛盾，是对诗人杜甫的一种阉割，因为他无视了诗人由于在热爱人民和热爱祖国之间发生矛盾而引起的巨大痛苦。不错，同情人民，又劝人民走上战场，确是矛盾的，然而正是在这种矛盾中杜甫表现了他的最崇高最深刻的爱国爱民的精神。他最后采取这种态度是完全正确的，因为符合人民的长远利益。当时的情况，并不是有壮丁而不抽，而是壮丁都死完了，只好抽调"中男"，但这事毕竟是悲惨的，这就是为什么那段劝勉的话说得那样沉痛，一字一泪，诗人好像是在送他自己的孩子去服兵役，哪里是差吏的欺骗！对差吏来说，他们是"公事公办"，或者浑水摸鱼，根本也用不着说什么好听的话来欺骗人民，石壕吏就是一个眼前的榜样。

同学们还提到《新婚别》，说对诗中"勿为新婚念，努力事戎行"两句，思想感情上转不过弯来。这的确也是一个矛盾：一方面舍不得丈夫"往死地"，一方面又劝丈夫好好作战。但我认为如果密切结合当时战争性质和国家局势，我们的思想感情是会转过弯来的，是不会感到突然的。国家已经到了这种地步，有什么办法呢？难道坐着等死、同归于尽吗？所以想来想去，觉得还是鼓励丈夫努力作战的好。努力的结果，固然可以为国杀战，同时也许能杀出一条血路，图个夫妻团圆。因此，这两句诗是爱国和爱情的结晶，是合情合理的。

　　我们知道，"三别"全都是用的人物独白的表现手法。浪漫主义的幻想和虚构性很大，特别是《新婚别》。如果不运用浪漫主义的创作方法，杜甫根本不可能创作出这首诗。因为，事实上杜甫是不可能去偷听那位新娘子所说的那番私房话的。但这首诗又是现实主义的，因为写得合情合理，非常具体、逼真，几乎使人忘记它的虚构性。所以我认为这是一篇浪漫主义和现实主义相结合的作品，二者缺一不可。

　　第三，在基础知识方面，我以为对我国古典诗歌的体裁和特点的了解也是一个相当重要的条件。

　　同学们问：了解杜甫律诗的艺术性是否必须懂得格律？懂得格律，对深入了解杜诗有什么好处？

我以为懂得比不懂得好。至少可以使我们懂得一点唐人作诗的甘苦，以及唐诗为什么特别吸引人的道理。

律诗有不少规格，如果不了解，往往会引起不应有的误解。这里举两个例子。大家都熟悉杜甫那首《闻官军收河南河北》的七律，但对其中"却看妻子愁何在"一句便有不同的理解。历来，也是一般的说法，都把这句诗读成上四下三，是说杜甫看见一家安全无恙，愁也就消失了。但有人却读成上二下五（并曾引用这句诗来说明毛主席的《蝶恋花》词），把"妻子愁何在"看成"看"的宾语，这样，"愁何在"便不是属于杜甫自己而是属于他的妻子了。孤立起来看，是难以决定谁是谁非的。如果结合下句"漫卷诗书喜欲狂"来看，后说的错误便可立断。因为这一句只能读作上四下三，"诗书喜欲狂"是无论如何讲不通的，而律诗中对句的惯例是要求上下两句在句法组织上的一致的，不容许上句是上二下五，而下句又是上四下三。

另一个例子：前两年，山大同学曾对拙作《杜甫研究》提出批评，这对我有很大帮助，但同学们的批评中也有点小错误。我说杜甫平生很爱竹子，同学却引了杜甫"恶竹应须斩万竿"的诗句来驳我，原来同学把"恶"字理解为憎恶的恶。孤立起来看，是讲得通的，但联系上句"新松恨不高千尺"却不对头了。新松的"新"字不是动词，是形容词，那么恶竹的"恶"

也应该是形容词恶劣的意思。在律诗的对法中，形容词和动词是不能作对的。

由此可见，了解一些格律对理解杜诗乃至一般古典诗歌是有好处的，虽然并不是什么非懂得或懂得很多不可的东西。

3. 最后，我想谈一谈方法方面的问题。在这里，我只谈一谈比较的研究方法。俗话说，不怕不识货，只怕货比货。的确，大小、高低、轻重、厚薄、好坏等等，都是比较出来的。我们写文学史，凭什么对某些作家加上"伟大"或"爱国"等称号，还不是由于比较吗？将不同作家的同一的文学样式的作品加以比较，找出他们的特点，从而吸取经验教训，确是一个有意义的工作，也是一个有效的做深入理解的方法。

同学们问：杜甫"三吏""三别"和白居易的讽谕诗，在思想性、艺术性上有什么差别？

这问题提得很好，现在就以此为例。在思想性方面，基本上是相同的，都具有高度的人民性，我想不去评比。在艺术性上，它们之间却存在着相当明显的差异。

最突出的一点是，"三吏""三别"除《新安吏》外，可以说都是现实的客观描写。杜甫在这些诗中，竭力避免主观色彩，尽量让自己的思想感情融化在客观事物的描写和叙述中。也就是让倾向性从情节的描绘中自然流露出来，而不自发议论。

与此相反，白居易的讽谕诗却经常大发议论，这议论通常是放在一诗的末尾，很少全篇都做客观描写的，总是夹叙夹议。我们只要把《兵车行》和《新丰折臂翁》这两篇都是反对侵略战争、穷兵黩武的作品做一对比，便可以明显地看出二人表现手法的差异。在《兵车行》中，杜甫始终没有直接地明白地表示态度和意见。在《新丰折臂翁》中，我们最后就听到诗人自己的声音，如"老人言，君听取……"此类很多。

这一差异，梁启超先生早就注意到，他说：

> 白香山的讽谕诗，替我们文学史吐出光焰万丈。但他的作风，与纯写实派有点不同，每篇之末，总爱下主观的批评。里头纯客观的只有几首（如《买花》《卖炭翁》），像这类不将批评主意明白点出来的，约居全部十分之一。其余都把自己对于这件事情的意见说出。……他不采取那种藏锋含蓄的态度，将主观的话也写出来。（《中国韵文里头所表现的情感》）

他所说的"纯写实派"是指的杜甫。

关于这两种不同表现手法的好坏，梁启超也有他的看法。他说：

《秦中吟》《新乐府》也是"三吏""三别"这个路数，但主观的讽刺色彩太重，不能如工部之哀沁心脾。

这评论也是公允的。议论必然会流于抽象，不够具体、形象。因而感染力也较差。但也应指出，有些主观的批评，由于建立在上文所描写的令人可悲可恨的事实基础上，造成一种不骂不痛快的形势，很自然地成为全诗的一个有机的组成部分，像这类主观议论，还是可取的、有力量的，如《红线毯》等。但有些的确流于抽象的苍白的说教，《杜陵叟》虽骂得痛快尖锐，但比之《兵车行》（长者两句），便觉得深度不够，也不逼真。

其次，在人物塑造上，杜甫更多地注意到人物的心理刻画，如《垂老别》中的那个老汉、《新婚别》中的新娘子、《无家别》中的那个单身汉，对他们的思想矛盾、心理活动都有深刻的曲折的描绘。所以使读者感到那些人物都是有血有肉的，非常生动。白居易也注意到这点，但似不及杜甫。

此外，在人物语言的个性化上杜甫也更为成功。如《新婚别》能够传达出新娘子那种欲说还休的羞涩的口吻。

我们不仅可以在同类作品上进行比较，对作家的思想也可以做比较。前人就曾比较过杜甫和白居易的世界观。《诗人玉屑》卷十二引《苕溪诗话》：

> 老杜《茅屋为秋风所破歌》云："安得广厦千万间，大庇天下寒士俱欢颜，……"乐天《新制布裘》云："安得万里裘，盖裹周四垠。稳暖皆如我，天下无寒人。"《新制绫袄成》："百姓多寒无可救，一身独暖亦何情。……争得大裘长万丈，与君都盖洛阳城。"或谓子美诗意，宁苦身以利人，乐天诗意，推身利以利人，二者较之，少陵为难。

这也说明杜甫为什么能有始有终，而白居易则由积极转入消极。

总之，"比较"确是一个可取的方法。

水平有限，以上不成熟的意见，仅供大家参考。

（作者原注：旧演讲稿之二。北师院，1961 年。待清理。）

萧光乾整理

附言：

父亲萧涤非先生 1961 年春到北京参加《中国文学史》的主

编工作。工作之余，曾应邀去北京师范学院中文系与同学们见面，并解答有关如何深入读杜的问题。本文就是这次见面时的讲稿。

当时，为了更有的放矢，事前曾请人代为在同学中收集意见。现在讲稿的最后一页，还粘有一张约3寸宽、5寸长的小纸条。这张从油印讲义上随手裁下的半页，正面刻印的恰是讲稿分析的杜诗《自京赴奉先县咏怀五百字》末段；背面空白处用钢笔写着"关于杜诗及唐诗问题"，共两条，绝大部分内容是第一条，即"怎样才能深入地理解杜诗?"这个问题，很能反映当时的大学生及文学青年读杜的迫切需要，也深深地触动了父亲，引起他的关注和沉思，所以也就径直用作题目。下面列举的四点具体疑难，讲稿大都作为实例在阐述中说到了。另一条，虽是简单地问及唐诗气象、风格与六朝诗、宋诗的区别，但问题似乎并不简单，又限于时间，故未涉及。

从笔迹看，这张字条是廖仲安先生写的。当时他已由北师院调来，也在编写文学史。这次演讲，当是由他商请并促成的。

对于如何深入读杜的问题，父亲在《杜甫研究》和其他一些文章里，曾有过零星片段的说明。这次演讲，从态度、学养、方法三个方面，做了比较系统完整的阐述，实际上也是他对自己一生治杜的基本经验的一个初步回顾和总结。他的经验，无疑是值得重视的，具有普遍的指导意义。

大约在十年前，《文史知识》的编辑同志曾多次与父亲联系，约为"治学之道"栏写一点治杜的体会。当时，父亲由于正在为《杜甫全集校注》的事操劳焦虑，无暇顾及，因而就搁下来了。近来董理旧箧，发现此稿，深感庆幸，以为对于今天的大学生以及爱好文学的青年读杜，不无裨益，也似能聊补当日未能如约的遗憾。爰录一过，不做任何修改，寄《文史知识》发表。一来了却父亲的这桩心事，二来权作杜甫诞生 1280 周年、父亲逝世周年的纪念。或可告慰先严先慈于黄泉之下。

萧光乾

1992 年 10 月 30 日

（原载《文史知识》1993 年第 4 期，后收入《萧涤非杜甫研究全集》，黑龙江教育出版社 2006 年版。本文发表时，承柴剑虹先生帮助。谨识。

2003 年 12 月 6 日又记。）

附二　漫谈杜甫诗歌的艺术特点

同志们，今在有机会和首都的同志们见面，我由衷地感到荣幸，也感到惭愧。

我只是一个杜诗的爱好者，说不上什么研究，更说不上什么心得，这绝不是客气话。我总觉得杜甫只不过是一个很平凡的、一个很老实的诗人，这也许正是他之所以能成为一个不平凡的伟大诗人的原因之一。要想在这样短的时间内来对这位诗人做全面介绍，是不可能的。好在有关他的生平和思想方面大家已谈得不少，也都比较熟悉，所以今天只专谈杜诗的艺术性。限于个人水平和时间，同样不可能谈得很全面、很深入、很细致。这是要请同志们原谅的。

今天要谈的内容，有两部分：第一部分是一般地概括地谈论杜甫诗歌的一些艺术特点。第二部分，解释几首杜诗（在印发的小册子内选讲），小册子印出的诗本来就少，全都是好诗，到底讲哪一篇，不讲哪一篇，最初我很费斟酌，后来决定：凡是有问题的、存在着不同说法和争论的就讲，否则就不讲。这样，大概有四五首。因此，这两部分虽有一定联系，却不可能完全合作，可以看作两个独立的部分。

在谈的方法上，将尽量做一些比较。记得周扬同志在一次讲话中曾强调指出比较方法的重要性，这对我有很大启发。我根据有没有问题来作为今天选讲作品的标准，便是得力于这个启发的。因为有争论，就有比较；有比较，就比较容易或者说有利于明辨是非。我们的着眼点是在是非，而不在"谁"是"谁"非，也就是说，对事不对人。

第一部分——杜甫诗歌的艺术特点

我觉得，在接触本题之前，我们对诗人杜甫在对待诗的艺术的态度上应有三点认识：

第一，他是一个十分重视诗的艺术性的完美的人。他要求一首诗要做到十全十美，用他自己的话来说，就是"毫发无遗憾"。为了达到这样的高标准，因此，在学习方面，他十分虚心和细心，用他自己的话来说，就是"读书破万卷"。什么是"破"？这就是要读懂。不虚心、不细心，就谈不上"破"。这句诗，岑参也有，他的《北庭贻宗学士道别》诗说："万事不可料，叹君在军中。读书破万卷，何事来从戎？"可见是唐人共同的学习经验。而杜甫与创作联系，故后人但晓杜甫有此语。同时在创作方面他也十分严肃认真，用他自己的话来说，就是"苦用心"，就是"语不惊人死不休"。虚心的学习，形成杜诗艺术的丰富性；严肃的创作态度，又给杜诗的艺术带来独创性。这也就是说，杜诗的艺术性值得我们发掘，而且也要求我们细心地来发掘。他既然是那样细心、苦心，我们也就不应该粗心，不应掉以轻心。

第二，杜甫虽然十分重视诗的艺术，但并没有脱离诗的思想内容，不适当地把艺术放在第一位。所以他在《戏为六绝句》中，一方面说"清词丽句必为邻"，但另一方面又警告人们说"恐与齐梁作后尘"。见得不能离开内容而片面追求词句的清丽。最明显的例子，是他对元结的《舂陵行》和《贼退示官吏》那两首诗的赞美。杜甫说这两首诗是"两章对秋月，一字偕华星"。把它们比作美丽的月亮和星光，然而元结这两首诗却是非常质朴的，连一个华丽的辞藻也没有。这就可见杜甫的着眼点、侧重点还是在诗的思想内容方面。他的重视艺术，乃是为了更好地表现内容，是为内容服务的，不是为艺术而追求艺术。

为了便于较全面地说明问题，关于杜诗的艺术特点，我们分别从叙事诗和抒情诗两个方面来谈。从最根本的意义上来说，一切叙事诗也都是抒情诗。因为叙述的虽然是自己或他人之事，但所表达的还是作者自己的思想感情。任何人都不会对自己所漠不关心的事去浪费笔墨。但由于内容毕竟不同，在表现手法上也就不能不有所差异，不能不各自有各自的某些特点。分开来谈，还是合适的。

现在就先谈叙事诗。

杜甫的叙事诗，特别值得重视。不仅数量空前，而且质量也高，人民性最强烈、最鲜明。这些叙事诗全面地继承了、发扬了《诗经》和汉乐府的现实主义创作精神和表现方法。我们称杜甫为伟大的现实主义诗人，主要根据就是他的叙事诗，如《兵车行》、"三吏""三别"等。

杜甫叙事诗的艺术特点，到底有哪些呢？我以为这有：

第一是典型化的手法。所谓典型化，也就是通过个别来反映一般，例如有名的《兵车行》便是用的这一手法。那个"行人"的谈话，说出了千千万万的征夫戍卒的共同的悲惨命运和怨恨心情。我们不能太天真，以为诗人杜甫当时交谈的就只是那一个"行人"，他很可能是把和许多"行人"的交流，集中在那个"行人"身上，由那一个"行人"说出。

《兵车行》是反对杨国忠出兵讨云南的，是反对穷兵黩武的侵略战争的，李白也写过同样题材的作品，但如果我们把李白的《古风》"胡关饶风沙"一首和《兵车行》对比，就可以更明显地看出杜甫叙事诗的这一特点，人物典型化。因为在李白那首诗中只有大刀阔斧式的一般性的反映："三十六万人，哀哀泪如雨。"他不曾像杜甫一样从三十几万人中塑造出一个典型人物，因而不具体，给人的印象也不深刻。除《兵车行》外，《前出塞》《后出塞》和"三吏""三别"，也都是典型概括的典范作品。

杜甫还善于把巨大的社会内容集中在一两句诗里。"朱门酒肉臭，路有冻死骨"之所以震撼千古人心，就是由于这两句诗高度地概括了封建社会尖锐的阶级对立，揭露了阶级社会的罪恶本质。事物的典型化。类似这样的诗句还是不少的。

第二个特点是寓主观于客观。所谓主观，是指作者的思想感情；所谓客观，是指作者所描写的事物；寓主观于客观，就是作者把他的思想感情融化在、寄托在对事物的客观描写中。诗人对事物的态度和评价，不是明白说出来的。他尽量避免主观色彩，避免大发议论，尽量让事实说话，让人物直接向读者诉说。

这是杜甫叙事诗最大的最突出的一个特点。在这一点上，我们也不妨做一些比较。大家很熟悉，白居易的《新丰折臂翁》也是一篇反对穷兵黩武的杰作，但在表现手法上却和《兵车行》有一很大的差别。那就是在这首诗的末尾，诗人白居易自己出面说话了，他沉不住气了，发开了议论，他说："老人言，君听取。君不闻，开元宰相宋开府，不赏边功防黩武。又不闻，天宝宰相杨国忠，欲求恩幸立边功。边功未立生民怨，请问新丰折臂翁。"这样，就使得这首叙事诗最后拖上了一条主观色彩的尾巴。然而，杜甫在《兵车行》中是始终没有开腔的，更不用说发议论。

是发议论好，还是不发议论好，梁启超曾做过如下的评比。他说白居易的讽谕诗，"每篇之末，总爱下主观的批评"。他的"《秦中吟》《新乐府》，也是'三吏''三别'这个路数。但主观的讽刺色彩太重，不能如工部（杜甫）之哀沁心脾"。这话，应该说是公允的。议论再尖锐，毕竟是抽象的，缺乏形象性。

在叙事诗中，杜甫不但不发议论，而且能做到不动声色，不动感情。著名的《石壕吏》便是典型的例子。诗人分明是被这一悲惨事件激动得落了泪，但他没有让他的眼泪流露在文字表面上，没有让自己的眼泪来分散或转移读者的注意力。如果我们把《石壕吏》和唐彦谦的《宿田家》做一比较，就不难看出这一特点。《宿田家》这首诗也是同情人民疾苦的，题材性质和《石壕吏》没有什么不同，作者同情人民的态度也和杜甫一样，但在表现上却大不相同。唐彦谦最后忍不住把他的同情之泪写在纸上了，他说："使我不能眠，为渠滴清泪。"这样的主观抒情的穿插，势不能不分散读者的注意，势不能不破坏客观事物的完整统一，反而冲淡了事物本身所具有的感染力。由此也就可见，要做到这一点，是颇不容易的。因为不但要具有对人民的深厚同情，而且要把这种同情融化到客观事物中去，来唤起读者的更多的同情。你要哭，自己去哭，最好不要哭给读者看，不要让自己的眼泪来替代读者的眼泪。从许多抒情的诗中，我们可以看到，杜甫同情人民之泪，是并不比任何诗人少的。

杜甫叙事诗的第三个特点，是人物语言的个性化。既是叙事诗，就必然有人物，而表现人物性格的，语言是一个重要的方面。作为一个诗人，在人物语言的个性化这一点上，杜甫也是首屈一指的。这显然是受到汉乐府民歌，特别是像《孔雀东南飞》这类作品的影响。因为在杜甫以前，文人诗歌绝大多数都是抒情的，很少叙事作品。诗中既没有人物，自然也不存在人物语言个性化的问题。

在杜甫叙事诗中，我们可以看到各种类型的人民形象，也可以听到各种类型的人物语言。有士兵的语言，如《兵车行》《前出塞》《后出塞》；有老汉的语言，如《垂老别》；有农民的语言，如《遭田父泥饮，美严中丞》；有老妇人的语言，如《石壕吏》；也有新娘子的语言，如《新婚别》。这些都写得生动、逼真，符合人物的身份和他们各自不同的年龄和遭遇。其中《新婚别》的人物语言尤为成功。《新婚别》全篇都是新娘子对新郎官说的话，可以相信，诗人杜甫是不可能也不会去偷听新娘子说的这番私房话的，他得根据自己的生活经验，运用想象，设身处地地来塑造。但结果他还是写得非常生动，令人忘其为虚构，这是很不容易的。所以我认为这首诗也是一篇现实主义和浪漫主义两结合的作品。既有浪漫主义的虚构，又有现实主义的精确描绘；那个新娘子既来自现实，又高于现实。她鼓励丈夫说："勿为新婚念，努力事戎行！"是带有理想色彩的人物。

为了更好地完成人物语言的个性化，杜甫创造性地大量地采用了日常生活中的口语，也就是俗语。这种例子很多。这是完全必要的。一般封建文人却看着不顺眼，大骂杜甫是"村夫子"，完全是无知妄说。难道能叫士兵、农民、老太婆也操着士大夫的腔调来说话吗？

谈到这里，我们也不妨来个比较。李商隐那篇长达一千字的《行次西郊一百韵》，确是政治性很强的叙事诗。但艺术上有一大缺陷，就是人物语言不是个性化的。他让那位老农一口气说了许多话，从贞观、开元一直说到晚唐，这已嫌太单调；同时有许多词汇和语法都不符合人物的身份，更使得语言欠生动。

过去这篇长诗不为人注意，不是没有原因的。现在虽有人大力介绍，看来也很难为人所乐意传诵。李商隐原是学杜甫的，但在这一点上并没有学得好。

除上举三点外，人物的心理刻画和细节描写也是杜甫叙事诗的特点。这里不去细说了。

现在，我们再谈杜甫的抒情诗。

杜甫的抒情诗，有两个不属于表现手法的本质特征。一是真实。这类诗都是从真情实感中、从肺腑中流露出来的。他自己说"情在强诗篇"，又说"有情且赋诗"，可见都是在一种不吐不快的情况下写出来的。黄生说："他人无所不假，杜公无所不真。人假，故其诗亦假；人真，故其诗亦真。"说他人无所不假，虽不免过火，但说杜甫无所不真，则是事实。所以前人说读杜甫诗，"但见情性，不睹文字"。

另一是重大。杜甫抒情诗不仅有真情实感，而且这种真情实感包含着巨大的内容。这和他那热爱祖国、热爱人民的思想是分不开的，如《春望》《闻官军收河南河北》等便是这样的既真实而又重大的抒情诗。

一个真实，一个重大，是杜甫抒情诗所以能取得高度艺术成就的两个重要因素。诗是人作出来的，人怎样诗也就会怎样。

这是我们对杜甫抒情诗首先应有的两点认识。

作为一个伟大的现实主义诗人，杜甫的抒情诗也有他自己的特点。这首先是它的具体性、形象性。抒情诗一般易流于抽象，杜甫却写得形象具体。他往往像在叙事诗中刻画人物那样对自己曲折、矛盾的痛苦心情进行深入的解剖。如《赴奉先县咏怀》头一大段便是典型的例子。"杜陵有布衣，老大意转拙：许身一何愚，窃比稷与契！""穷年忧黎元，叹息肠内热。""沉饮聊自遣，放歌破愁绝。"他仿佛要向读者交心似的。所以给人的印象也就特别深刻。李白也写愁，却不是这样。他说："抽刀断水水更流，举杯消愁愁更愁！"但到底怎样个愁法？思想活动的过程又是怎样的？我们却看不出。

《闻官军收河南河北》，是杜甫生平第一首快诗，乍一看好像很抽象，其实也很具体，他用"涕泪满衣裳"写他的喜极而悲，并抓住"漫卷诗书"这一小动作来表现他的大喜欲狂，最后两句："即从巴峡穿巫峡，便下襄阳向洛阳。"虽全属幻想，但在幻想中仍有丰富的形象性、现实性。

在叙事诗中，杜甫寄情于事，在抒情诗中，则往往寄情于景，融景入情，情景交融，这是杜甫抒情诗的第二个艺术特点。

所谓情景交融，也有两种情况：一种是情景同时出现，如他的名句："感时花溅泪，恨别鸟惊心。"花、鸟都是景物，现在把它们融入情中，便增加了感情的深度和诗的感染力。如果

杜甫诗选注（普及本）

只抽象地说感时流泪、恨别惊心，便不深刻。另一种是只见景，不见情。情在景中，景中含情。如《秋兴》"江间波浪兼天涌，塞上风云接地阴"，《登高》"无边落木萧萧下，不尽长江滚滚来"，其中也正有着诗人跳动的心情和混乱时代的影子。又如《登岳阳楼》："吴楚东南坼，乾坤日夜浮。"表面上是写洞庭湖的阔大，骨子里也表现了诗人的阔大胸襟，这种拟人化的例子也是很多的。那首为大家所喜爱的绝句："两个黄鹂鸣翠柳，一行白鹭上青天。窗含西岭千秋雪，门泊东吴万里船。"全篇写景，其实也就是抒情。充满一种轻松愉快之感。对这类诗我们不应单纯地看作写景。

杜甫抒情诗的第三个艺术特点，是表情含蓄沉着，往往借物言情。这和上一条也有关系，因为往往是用的比兴手法。杜甫总不肯把话说得太尽、太显露。对于一首诗的结尾，他认为应该是"篇终接混茫"，应该是"诗罢地有余"，也就是说要有耐人寻味的余地，所谓"含不尽之意见于言外"。"咫尺应须论万里"，虽是他论画的诗句，也可以拿来说明他这一特点。

杜甫晚年到处漂泊，常常受人白眼，他曾写有这样两句诗："岸花飞送客，樯燕语留人。"不明说无人相送而说岸花送客，不明言无人做东道主，而言燕语留人，但比明白说破更为动人，更为深刻，一种人情冷暖、世态炎凉之感，自在言外。这就是含蓄。

这一点，杜甫和李白、白居易都不相同。我们也来做一些比较。李白和杜甫都是很倔强的不服老的诗人，他们都讨厌那标志着年老的白发。李白说："白发三千丈，缘愁似个长！"简直是要怒发冲冠了。但杜甫却只是说："苦遭白发不相放！""数茎白发那抛得！"便显得沉着。李白和杜甫都讨厌官僚，不愿和他们打交道，但表现这种感情的写法却不同。李白说："安能摧眉折腰事权贵，使我不得开心颜！"直截了当。杜甫则比较含蓄，他说："野人旷荡无靦颜，岂可久在王侯间！"又说："杖藜妨跃马，不是故离群。"至多也不过说："眼边无俗物，多病也身轻。"一则向外发扬，一则向内收敛。差别是很明显的。这样的例子还有不少。

由于抒情诗是作者思想感情的直接流露，和叙事诗不同，因此在叙事诗中要避免主观色彩、意味，杜甫不得不忍着眼泪并擦干泪痕。而在抒情诗中他却不必这样来克制自己的感情，他的眼泪像决了口的黄河："歌罢仰天叹，四座泪纵横。""十年朝夕泪，衣袖不曾干。""落日悲江汉，中宵泪满床。"同时，在叙事诗中杜甫是不发表议论的，而在抒情诗中则有时也大发议论，甚至带有教训意味。但这种议论，仍然是很含蓄的、委婉的。比如他警告统治者说："不过行俭德，盗贼本王臣！"就比李商隐的"历览前贤国与家，成由勤俭破由奢"那种干巴巴的说教，要含蓄有味。

杜甫抒情诗的第四个特点，是语言特别精练，而且富有音乐性。他的叙事诗，采用了不少俗语，抒情诗中虽也有，但不是主要的。这和所用的诗体有关。原来杜甫的叙事诗，都是用的弹性较大的古体，而抒情诗则多用律体。律诗很短小，又有一定的平仄和规格，不精练也不行，得以少胜多。如《登高》："万里悲秋长作客，百年多病独登台。"两句 14 个字，便含有八九层意思。前人说"读杜诗不觉得字多，因为字字不闲"，就是由于语言的精练。这种精练，往往表现在一个字上，如"社稷缠妖气，干戈送老儒"。一"缠"字便显示了妖气之盛，一"送"字便显示了战乱之久。

杜甫抒情诗的第五个特点，是寓情于物，即他的咏物诗和题画诗。有不少咏物诗，即政治抒情诗，或者说政治讽刺诗。这与寓情于景有所不同。写景比较宽泛，而咏物则专写某一种事物，如《花鸭》《鹿》《苦竹》等。不是为咏物而咏物，而是为了抒发一定的思想感情。

以上，便是杜诗的一些艺术特点。明了这些特点，对我们理解杜诗固有一定意义，就是对于我们写作新诗，也不无借鉴作用。限于时间和水平，谈得很不够。

第二部分——作品讲解

只讲有不同意见的几首。通过不同意见的争论，可能对同志们更有些帮助。

（一）《望岳》（五古）

这诗写于开元廿四年（736），杜甫时年二十五，是集中最早的一首作品，是歌咏泰山的绝唱。杜甫有三首《望岳》诗，也以这首为最好。

诗中没有出现"望"字，但句句都是"望"。首两句很传神，心口相商，"如何"，是说到底泰山是怎样的高大法呢？怎样才能形容出来呢？觉得一时难以形容。下句便是考虑后的结论："齐鲁青未了。"

三、四两句具体地写泰山山色之美和山势之高。高的不一定秀美，秀美的不一定高，泰山则兼而有之。两句承上实写。"割"字奇险而又准确。

五、六两句写望岳时所发生的感觉。见层云之生而胸为之开荡。下句写久望，目不转睛。望岳一直到日暮。

七、八两句，由望岳而联想到登岳。

我觉得这首诗存在着两个问题：

（1）对全诗评价问题。过去选本很多都选录了这首诗，马茂元先生《唐诗选》却没有。我觉得值得商榷。无论从思想或艺术来看，它都是一首好诗，富有启发作用。

（2）对末两句的理解问题。有人说："表现出文人惯于说大话的习气，骨子里又透露出向上爬的思想。"我以为是对这两句诗的一个歪曲，未免把它庸俗化了。这两句诗，不仅表现了诗人的雄心壮志，也不仅预示着、象征着诗人未来的伟大成就，而且也显示了诗人的信心和决心，说明了诗人取得这种伟大成就的途径。什么是"会当"？这就是"定要"。"会当凌绝顶"的努力，和"语不惊人死不休"的创作精神正是一致的。

（二）《月夜》（五律）

这是756年秋长安沦陷时写的。处境很危险，妻子又是流寓在他乡。

"今夜"应是八月十五日夜。唐人已有中秋赏月的风气。

三、四两句是流水对，字对而意则一贯。寓散于骈，是一种最好的对法。这两句有两说：一说是小儿女自己不懂得怀念在长安的爸爸；一说指小儿女不懂得母亲忆长安的心情。后一说较好。也许两个意思都有。

五、六两句是想象妻子忆长安在月下久立的情形。有的同志认为杜很少写香艳诗句，认为经后人改动，不确。"笑时花近眼""竟将明媚色，偷眼艳阳天"，不过少而已。这里也不能说是什么香艳。杜甫爱他的爱人，觉得她美。要知道，她是一个大家闺秀。杜甫并没有酸腐气、头巾气。有的同志说，云鬓、玉臂，是指嫦娥，嫦娥独居月宫，正和闺中独处相同。扯得太远了，太离奇了，也不对。我们要有新见解，但我们更需要正确的见解。

通过此诗，可了解杜甫的爱情生活。他始终是爱他的妻子的，多处写到妻子，如"家贫仰母慈""昼引老妻乘小艇""老妻欲我颜色同""老妻画纸为棋局""方法报山妻""瘦妻面复光"等等。他的爱人对他也很体贴，在穷困中，不怨天，不尤人，能让杜甫安心地写出许多诗来，美满的家庭生活是一个很重要的条件。像《诗经》中那位诗人说的"我入自外，室人交责我"的情形，从诗看，杜甫似乎是不曾碰到的。美满的爱情生活，要算是诗人杜甫一生中唯一的最大的精神上的安慰。

（三）《春望》（五律）

757年春作于沦陷的长安。可以看出诗人热爱祖国的深厚感情！不只流泪，而且对着花也流泪。

首两句便极精练、含蓄、概括。胡人屠杀焚烧之惨，自在言外。没有人烟，但见草木。"在"字沉痛，叫人羞杀、愧杀！祖国的河山，仿佛在号召人们要争气似的，岿然不动！

三、四两句，有人以为是拟人化的写法，"由带露水的花，联想到它也在流泪"。我以为不正确。只说"流泪"是不够的！"溅"字也说不过去。"槛菊愁烟兰泣露"，说"泣"是可以的，说"溅"就不行。因为溅，有跳跃、迸发的意思，所谓水花四溅。露水在花上是不会跳跃的。这是从字义上来说。用杜甫其他诗句，也可以证明不是拟人化。如"晓莺工迸泪"，迸泪即溅泪，这个泪，也是指的作者自己；又如"春色泪痕边"，也就是看花落泪的意思。因为老是流泪，所以美丽春光都在泪痕边过去了。总之，这两句承上启下，情景交融，融景入情，如不用花、鸟，只抽象地说便无力。

李绅诗："开拆远书何事喜？数行家信抵千金。"便点金成铁了。

（四）《羌村》第二首（五古）

757年秋作。关于"娇儿"两句的不同理解：

一以金圣叹为代表，吴见思说："娇儿绕膝慰留，畏爷复去。"二以仇为代表，"不离膝，乍见而喜；复却去，久视而畏"。我主前说，曾写了一篇小文。有人主后说，见《北京晚报》《文学遗产》。这两说，必有一是，必有一非。"复却去"，不可能既是杜甫，又是他的娇儿。最近，我又写了一篇再谈"娇儿不离膝，畏我复却去"的文章。这里不能细说。

第一，关于"少欢趣"。理解有问题，以致一错到底。第二，关于"畏"字问题。第三，关于"却"字问题。张相有八种义项，不完全。这里作"即"讲，"眼枯却见骨"。不犯重复，不是"废词"，更没有什么不通。第四，关于句法问题。可读作上二下三。"畏人嫌我真"也是上一下四，为什么不说它别扭。第五，关于"忆昔"两句。

（五）《新安吏》的末一段，不是新安吏的话，而是那个"客"讲的话。

（据在首都图书馆纪念杜甫诞生 1250 周年大会上报告手稿整理。先生自注："演讲稿之三。1962 年。"后收入《萧涤非杜甫研究全集》，黑龙江教育出版社 2006 年版。）

杜甫诗选注（普及本）

编者附识

2018 年，北京出版社高立志，通过韩慧强、刘宜庆等先生辗转介绍，联系我们，提议把萧涤非先生《杜甫研究》（修订本）、《风诗心赏》《杜甫诗选注（普及本）》等书，重新修订出版。随后又惠赐刚出版的精装样书五种，以供参考。念兹在兹，其心眷眷。我们深感厚意，深以为幸，并深以为契合萧先生一生"为平民而学术"的治学初心："把诗人杜甫和他的诗，向广大劳动人民介绍，让广大劳动人民也懂得他和他的诗。"（《萧涤非杜甫研究全集·题记》）

《杜甫诗选注（普及本）》，原为上海古籍出版社版，1983年初版印数即达十万七千余册；1998 年再版。当如袁行霈先生所言属于"那些经过时间考验、读者认同的著作"。迄今三十多年过去，北京出版社为满足读者需要，推进先进文化的繁荣发展，又重新挖掘出来。眼光千古，匠心独运，功德无量，值得称赞。

　　该书系萧先生手定，有关同志大力协助完成。当初，1982年，萧先生原本不同意接受约稿，因为影响正在开展的千头万绪的《杜甫全集校注》编写工作。大概出于通盘考虑才答应下来。现在作为一种纪念，从"大家小书"的意义看，还是适宜的。故这次重印，基本保留原貌，非甚有碍，不加点窜，以存真相。但也根据老先生意见，酌情做了几处必要的增改。一是根据萧先生考证结论，《诸将》"朱旗"注"指唐王朝"，改为"指吐蕃"，并依例补入一个"萧海川按"申明理由，同时"这句是回忆"云云，改为"这句是说眼下吐蕃势盛，不断入侵，占领过京都长安，气焰嚣张"（详见《杜甫诗选注》增补本）；二是根据萧先生1948年于青岛山东大学编写的讲义《杜诗体别》油印稿，增补了一首诗《漫成一首》。由萧光乾据以依例改写草成。不是擅改。文责自负。这是我们作为萧涤非先生著作权继承人的权利所在。

　　"老人在泉台，孰能久不顾？"我们怀念亲人，怀念渐行渐远渐无书、已经逝世近三十年的萧涤非先生在夫人黄兼芬老师尽心照顾下，为新时代学术繁荣不惜"卖命"，"为后学竖一登高的阶梯"所能做的一切。

　　这里，谨向"大家小书"策划人之一高立志（蒙木）先生，向北京出版社领导、编辑和新老朋友，深致感谢与敬意。
不妥之处，敬请广大读者朋友继续不吝指正。

萧光乾　萧海川附识

二〇一九年三月二十三日

于济南山大中心校区南院3号楼萧涤非故居